転生令嬢は精霊に愛されて最強です……だけど普通に恋したい！ 6

The Reincarnated Count's daughter is the strongest as she is loved by spirits, though she is only wishing for regular romance!

風間レイ
◆
イラスト：藤小豆

TOブックス

です……だけど普通に恋したい！

e n t s

転生令嬢は精霊に愛されて最強

イラスト/藤小豆　デザイン/伸童舎

c o n t

［ディアドラの精霊獣］

イフリー
火の精霊獣。
全身炎の毛皮で包まれたフェンリル。

リヴァ
水の精霊獣。東洋の竜。

ジン
風の精霊獣。
羽の生えた黒猫。

ガイア
土の精霊獣。麒麟。

［ベリサリオ辺境伯家］

ディアドラ
主人公。元アラサーOLの転生者。前世の反省から普通の結婚を望んでいる。しかし精霊王からは寵愛、皇太子からは求婚され、どんどん平穏から遠ざかってしまう。

オーガスト
ディアドラの父。精霊の森の件で辺境伯ながら皇族に次ぐ待遇を得る。

ナディア
ディアドラの母。皇帝と友人関係。

アラン
ディアドラの兄。シスコンの次男。マイペースな突っ込み役。

クリス
ディアドラの兄。神童。冷たい腹黒タイプながら実はシスコン。

characters

【皇族】

アンドリュー皇太子

アゼリア帝国の皇太子。
ディアドラの良き理解者。
クリスとは学園の同級生。

[ルフタネン]

サロモン

侯爵家嫡男だが、
カミルを気に入り
彼の参謀になる。

カミル

ルフタネンの元
第五王子。現在は
公爵。国を救う
ため、ベリサリオ
に訪れる。

モアナ

ルフタネンの
水の精霊王。
瑠璃の妹。

[アゼリア帝国精霊王]

瑠璃

水の精霊王。
ベリサリオ辺境伯領
の湖に住居をもつ。
精霊を助けてくれた
ディアドラに感謝し
祝福を与える。

蘇芳

火の精霊王。
ノーランド辺境伯領
の火山に住居をもつ。
明るく豪胆。琥珀や
翡翠に怒られること
もある。

翡翠

風の精霊王。
コルケット辺境伯領
に住居をもつ。感情
を素直に表すタイプ。

琥珀

土の精霊王。
皇都に住居をもつ。
精霊の森とアーロン
の滝まで道をつなげ
ることを条件に精霊
を与えると約束する。

story

同人誌作りに没頭しすぎて命を落としたアラサー OL が転生したのは、砂漠化が迫る国の辺境伯令嬢・ディアドラだった。ある日、隣国ルフタネンで、精霊王から「脱獄した暗殺者を捕らえるのに協力してほしい」と頼まれた。早速、囮として敵をおびき寄せるために、異国のお祭りをカミルと回ることに。そこでディアドラは気づいた。「目立ってはいるけど、これってデートじゃない !?」と。顔を赤くしながら、彼女はカミルと共に隣国を救済したのだった。

関係の変化の始まり

囮になりに行ったにしては、観光した記憶ばかりのルフタネン旅行が終わり、私は無事にベリサリオに帰還した。

作戦通りに全て完了したので、ルフタネンはこれでもう継承問題で揉めることはないだろう。

「この御恩は忘れません」

「是非またルフタネンにお越しください。いつでも大歓迎です」

私がベリサリオに帰る時には、結婚式を挙げたばかりの王太子まで見送りに来てくれて、北島の貴族なんて全員集まっているんじゃないかって思うくらい人数が多かった。

囮になるのは一部の人間だけしか知らないんじゃなかったの？

ともかく私はやるべきことはやり終えたので、平和な日常生活に戻った。私はね。

でも、報告のために一緒に帝国に来たカミルや外交官達は、皇太子に挨拶したり同盟のために会議をしたりと忙しそうだった。

カミルはお兄様達とも話し込んでいたっけ。特にアランお兄様と。

ふたりして悪そうな笑顔で握手していたけど、あれはなんだったのかな。

それ以外でも、私の周囲ではいろんな変化があった。

まず、ヨハネス侯爵家と和解しました。これ重要！　すっごく重要!!

皇太子から、貴族がヨハネス派とベリサリオ派に分かれたら面倒だし、これを機にヨハネス侯爵家を取り込もうとする動きが中央で出ているから、いい加減に仲直りしろとの要望があったんだって。

さすが皇太子。出来る男は頼りになる。

これでもうカーラと以前と同じように、仲良く出来るよ。

ただお母様が言うには、クラリッサ様は心からの謝罪をしたわけではなく、表面上、和解したという振りをする気でいるみたいで、ノーランド辺境伯家とヨハネス侯爵家は、このまま疎遠になりそうなんだって。

うちも公式の場ではちゃんと挨拶するけど、個人的なお付き合いはお断りらしい。

ヨハネス侯爵は必死に謝ってくれたみたいなのよ。

社交界で彼らに関わる人がどんどん減り、雅風派からも抜けていく人もいたらしいから、観光を主産業としているヨハネス侯爵領からしたら大打撃よ。

この夏の予約がほとんど入っていなかったらしいの。

そりゃね、ノーランドとベリサリオを敵に回した人の領地に行く勇気のある貴族は、なかなかいないわ。

それ以外にも問題はあるらしい。

両親が仲違いしていて、別居状態になっているそうでお祝いだーってうちにお友達みんなで集まった時、カーラの表情は暗いままだった。

「皇都のタウンハウスにお母様と弟が住んでしまって、私を邪魔にするのよ。でも領地の屋敷には帰りたくないの」

辺境伯令嬢だったクラリッサ様にとって、うちのお母様は最初から気に食わない人だったみたい。お父様を狙っていた時期もあったみたいなのよ。身分としてもつり合いは取れていたしね。

でもお父様はお母様を選んで、しかもベリサリオは貴族の中で特別待遇。

お母様は現在、帝国で一番高貴な貴婦人と呼ばれ、子供は妖精姫と神童だ。アランお兄様まで近衛騎士団で注目されて、今や話題の人だもの。

なぜ彼女ばかり……と嫉妬する気持ちはわからなくはない。

でも彼女には、ひとつだけ大逆転の方法があった。

子供が皇太子妃になれば、ヨハネス侯爵家の発言力が増すでしょ？

いずれは皇妃の母親だ。大注目でちやほやされること間違いなしよ。

なのに、ヨハネス侯爵はその夢をぶち壊してくれたわけだ。そりゃ怒るわ。

ヨハネス侯爵が娘を溺愛するせいで、元々クラリッサ様はカーラをよく思っていなくて、ふたりの仲はぎくしゃくしていたけど、カーラも皇太子に憧れていたからこの話には乗り気で、せっかく母娘が仲良くなって頑張って準備したのに、お茶会ドタキャンだもんね。

「領地に帰るしかないのかしら。お父様が何かと干渉して束縛するのが嫌なのに」

代替わりしちゃったから、クラリッサ様にとっては父親ではなく兄が今は当主だ。

兄は父ほど甘くはなく、妹の態度に怒って、ベリサリオとの関係のほうが今後のノーランドにとっても帝国にとっても大切だと判断して、ヨハネス侯爵家とは適度に距離を置くと宣言したの。そのせいでカーラはノーランドに避難させてもらえなくなってしまっている。

娘を皇太子妃にしたいノーランド辺境伯としては、皇太子をコケにしたヨハネス侯爵家とは関わり合いになりたくないんだろう。

そのせいもあって、カーラとモニカの間には今までにはない壁が出来ているみたいだった。お互いに遠慮しているというか、居心地悪そうな感じ。

それはスザンナも同じ。

彼女も皇太子妃候補として皇宮に通っているから、カーラの気持ちを考えると話しかけにくいみたいだ。

年を重ねて、恋人が出来たり婚約したり環境が変わるに連れて、仲の良かった八人の関係も変わってしまうのかな。

イレーネはエルトンとの婚約が内定していて、スザンナとモニカだってクリスお兄様か皇太子のどちらかとの結婚が決まっている。

エセルは近衛騎士団で頑張りたいと、将来をしっかりと考えているし、ネリーは私の側近として一生傍にいると決めてしまっている。

年少組の私とパティとカーラを除いて、みんなしっかりと将来を決めつつあるのよね。

あれ？　誰か忘れてない？

エルダよ。エルダ。

エルダは私がルフタネンに行っている間、私の代わりに教本制作を統括してくれて、編集に加わってくれたイレーネと共に頑張ってくれている。

いずれは姉妹になるエルダとイレーネは、ふたりで話す時間が増えて、以前より距離が近くなったようだ。エルトンも安心だね。

エルダは、一緒に何時間も作業をしたブリたんや、そのお友達の伯爵令嬢ふたりともすっかり仲良くなって、今では彼女達と一緒に本の話をするのが何より楽しいみたいだ。

教本だけではなく小説も書いていて、それがまた面白いのよ。エルダにこんな才能があったなんて、本人も驚いていたわ。

つい挿絵を描いた私もいけないとは思うよ。でも漫画風の挿絵がどう受け取られるのか確認したかったんだもん。それで、知り合いのお嬢さんに頼んで描いてもらったということにして渡したの。

そしたらブリたんの友達のひとりが、行動力のあるオタクだったからたいへんだ。エルダの小説を、本にして友達に売り捌いてしまったの。

もちろんちゃんとエルダにお金を払ってくれたわよ。というか、実質かかった経費以外、全部エルダにそのまま渡してるみたい。

御令嬢だから、お金に全く困っていないからね。

金は払うから続きをくれと、エルダの顔を見るたびに拝んでいる。

もしかしなくてもこの流れだと、エルダは女流作家になると言い出すよね。

今はペンネームを使っているから正体はばれていないけど、成人しても婚約する相手がいなかった場合、ブリス伯爵家はどうするんだろう。エルトンは味方になってくれるんだろうか。

いやだなあ。私が動かないと駄目になるんじゃないかなあ。

周囲ではそういう個人的な問題がいくつも起こりつつも、私本人はのんびりしたもので、教本作りに没頭して夏が過ぎ、秋の気配が色濃くなってきた。

カミルは……しょっちゅう遊びに来てた。

でもべつに、話をするだけだし。仕事の話も多いし。特に何もないし……。

それよりも、皇太子の誕生日が近付いてきたある日、クリスお兄様が改まった様子で私の部屋に訪ねてきた。

「アンディの誕生日の茶会で、婚約者を発表することになった」

私だけじゃなく、その場にいたネリーやレックス、ブラッドまでが、えっ？　と驚いた顔でクリスお兄様に注目してしまったわよ。

本人は余裕の顔でひとり用の椅子に足を組んで座って、私の反応を観察しているみたいだった。

執事のカヴィルと側近のライが無表情で後ろに控えていて、ただでさえ威圧感があるのに、普段の仕事の時は、これに更にクリスお兄様の冷ややかな表情がセットになっているんでしょ？

十六になって大人びて、最近更に凄みを増したというかなんというか。

相手が私だから今日は優しい表情だけど、他の女の子だったら怖くて泣いちゃうよ？

「決めるの早くありませんか？」

「そうかな？　あまり長くなるよりはいいんじゃないかな」

「そ……うですか。それで……」

「皇太子の婚約者はモニカだ。僕はスザンナと結婚する」

順当な決断……なのかな。

モニカは皇太子ラブだし、スザンナは特にどちらでもなかった。

蘇芳の担当をしているノーランド辺境伯の娘で、先代のバーソロミュー様の孫という境遇は、後ろ盾が強力で皇妃として動きやすいだろう。

「明日、うちの両親と一緒にオルランディ侯爵家に挨拶に行き、その後、今度はスザンナがうちに顔見せに来る手はずになっている」

「うわ。着々と事が進んでいますね」

まるでもっと前から決まっていたみたいに。

「婚約の準備も考えると、実はけっこうギリギリなんだよ。モニカは一年余裕があるけどスザンナはもう十四歳だ」

「まだ十四歳ですよ。成人式は十五歳になったあとの新年ですから、来年丸々一年あるじゃないですか」

「ディア、高位貴族に嫁ぐのにも学ばなくてはいけないことがたくさんあるんだよ？　しかもうちは辺境伯だ。港や貿易について。隣国との関係について。ベリサリオの歴史や民族について。精霊王の泉の管理やフェアリー商会について」

「わかりました。わかりましたよ。聞いているだけで頭痛がしてくる」

皇妃になるために学ぶことと、また別のことを学ばないといけないのね。

大変だな……って他人事じゃないのか。

私もカミルと結婚することになったら、ルフタネンの歴史や習慣を学ばなくてはいけないんだ。

でもウィキくんがあるし。

って、なんでカミルのことを考えているのよ。

「そういうことだからよろしくね」

「あ……」

いや、やめよう。

スザンナが好きなんですか？　なんて今更聞いて何になるの。

もう国全体が、皇太子妃を迎えるために動き出しているはずだ。

「お姉様って呼んだ方がいいのかしら？」

「え?!」

え？　って驚くのはこっちよ。

なんでそんな照れた顔になったのよ。

「それはスザンナに聞いて」

「わかりました。やめてって言われる気がするけど」

「新しい土地で大変だろうから、彼女の力になってあげてね」

「あったりまえですわ。全力で応援します！」

「ふふ。よろしくね」

機嫌よく立ち去るクリスお兄様の背中に、んべって舌を出してやった。

なーにが、力になってあげてね、よ。

さりげなく自分のほうがスザンナに近い位置にいるってアピールしたな。

ふーん。私だってスザンナの友達で仲良しだもんね。

でも安心した。

クリスお兄様はきっと、スザンナを大事にしてくれるわ。

恋バナ？

スザンナが来るからって、私には特にやることはない。

両親とクリスお兄様が、山ほどお土産を持ってオルランディ侯爵家を訪れている間もいつも通りの生活サイクルをこなしていた。

スザンナはドレスの相談でお母様の下を訪ねたり、私のところに遊びに来たりしていたから城の人間とも顔馴染みだし、いつも通りの雰囲気と笑顔で、ドレスも普段よりちょっと気を使う程度で迎えるのがいいと思うのよ。

転送陣の間から近い居間で待っている私とアランお兄様の前に現れたスザンナは、ちょっと見ない間に更に綺麗になっていた。

フリルやリボンの飾りは一切なく白い大きな襟がアクセントになっている藤色のドレスは、首元まできっちりと隠れた清楚で品のいいデザインだ。

夕食を一緒に食べる予定になっているので、それまではディアと話していたらどう？　とクリスお兄様に言われて、スザンナを私の部屋に案内することにした。

クリスお兄様の部屋に行かなくていいの？　ってもちろん聞いたわよ。せっかく婚約したんだもん。でも正式な婚約は、皇太子の誕生日に皆の前で発表されてからだし、婚約者だからってお兄様の部屋に行くのはまずいらしい。

ベリサリオでいろいろと勉強しないといけないから、スザンナの部屋を用意したので、そこにクリスお兄様が顔を出すのはいいんだって。

なんじゃそりゃ！　って言いたいところだけど、真面目な話、城内の侵入可能地域が関係しているのだ。

ちゃんと一族の一員になるまでは、両親や嫡男の私室のあるエリアには入れないんだって。家族の私でも入ってはいけない部屋があるから、そこはしかたないね。

嫡男とそれ以外では、まるで扱いが違うのはこの世界では当たり前のことなのよ。

私の部屋にスザンナが来たことは今までにも何度もあったから、お互いに慣れたもので、いつものように席に座ってネリーにお茶を淹れてもらう。

ネリーとスザンナって同級生よ。同じ教室で勉強しているのに、片や私の側近で片や私のお兄様の婚約者。どうしてこうなった。

「ネリーも一緒にどう？　聞きたいことがたくさんあるんじゃない？」

「いいえ。クリス様の婚約者なら、侍女の私とは立場が違います」

「侍女じゃないでしょ。あなたは私の側近でしょう」

「筆頭侍女ということでお願いします」

おーい、伯爵令嬢！　なんで侍女になりたがるんだ！

「言っても無駄じゃない？　家が裕福になって掃除や庭の手入れをする人を雇えるようになった時に、掃除が出来なくなったーって泣いてたんだから」

「ガラス磨きが趣味って変人だからね？」

「今は私のことはどうでもいいじゃないですか」

そそくさとお茶を並べて、ネリーは部屋の隅に引っ込んだ。

侍女だから、お客様のお世話がすぐに出来るように立っているのよ。

それが楽しいって言うんだからよくわからん。

「ねえ、ディア。あなたは私がクリスの婚約者に決まったと聞いてどう思った？」

手に取ったティーカップの中を見つめながらスザンナが言った。

「どうって？　私はあなたでもモニカでも歓迎するつもりだったわよ」

「そうじゃなくて……私は、最初から自分は殿下に選ばれないと思っていたの」

「それは、侯爵家だから?」

「そう。蘇芳様の担当地域を治めているノーランド辺境伯を、がっかりさせたくはないでしょ? カーラは瑠璃様担当の地域に領地があるし、候補者になった当初はヨハネス侯爵家とベリサリオ辺境伯家の仲が良かったから、選ばれる可能性もあるかもしれないって思ったけど、私は駄目だろうなって家族でも話していたのよ」

そうかなあ。

皇太子の補佐として辺境伯家は三家ともずいぶん近しい位置にいるけど、中央の貴族はパウエル公爵しかいないじゃない?

辺境伯が帝国の一員になるより前から皇族に仕えていた貴族からすれば、今の状況は不満だと思うのよ。だから侯爵家の令嬢を皇妃にするって、ありえない話じゃないと思ったんだけどな。

「あなたはベリサリオの人だからわからないかも。そんな不満さえ持たないほどに、ベリサリオと妖精姫が帝国にもたらした功績は大きいし……怖いのよ。せめてノーランドだけでも味方につけたいと思うのは当然なの」

「でもぶっちゃけ、どこから嫁を貰おうと戦いになる時に関係ないわよね」

縁組した後で戦になったケースなんて、どの国の歴史にもあるでしょ。

悲しい思いをするのは、いつも女性なのだ。

「帝国は内乱にはならないと信じたいんだけど」

「ならないでしょ。少なくとも私の目の黒い……目が届く範囲で戦なんて駄目よ」

「そうなの？」

「あのね、私はこれでも皇太子にちゃんと皇帝になってもらいたいと思っているし、ベリサリオは全面的に皇太子を支持しているわよ」

「それ、殿下にちゃんと伝えてる？」

「え？　だって、補佐についてるじゃない」

「うちに帰りたい。補佐をやめたい。ベリサリオにいる方が楽しいってオーガスト様はおっしゃっていたようだし、クリスだって殿下に愛想ないし」

そうだよねー。あの腹黒ツンデレお兄様が、皇太子にそんなこと言うわけないよねー。

エルトンが、クリスお兄様が補佐に就くのは胃に悪そうだって言ってたもんねー。

「ディアから、それとなくクリスに話すように言ってみてくれない？」

「なんで私なの。婚約者のあなたから言えばいいじゃない」

「妹大好きのクリスなのよ。あなたが言った方がいいでしょう」

いつの間にか皇太子とクリスお兄様の仲を取り持つ話になっているわよ。

そういう話じゃなかったでしょ。

「この話がしたかったの？」

「違うの。そうじゃなくて、だから選ばれなかった方がベリサリオに嫁ぐって話が出た時に、うちはもう家族どころか一族総出で喜んだのよ。皇太子に選ばれなかった令嬢って言われるようになると思っていたのが、クリスの婚約者になれることになったんだから」

「それは前も聞いたし、うちとしても侯爵家と縁組出来て……」

「待って。聞いて」

そう言ったから口を閉じて待っていたのに、スザンナはらしくもなく迷っている風に視線をさまよわせて、もじもじしている。

「スザンナ？」

「あのね、学園が終わってからクリスが補佐になったから、皇宮でお妃教育を受けていた私達と顔を合わせる機会があったのね」

「うん」

「よく会うな……とは思っていたの」

「うん？」

「で、モニカに聞いたら、彼女は会わないって」

つまり、クリスお兄様はスザンナにだけ会いに行っていたってこと？

それも偶然を装って？

「その話、くわしく!!」

ネリー、立場が違うって言っていたのは誰だ。

壁際からソファーまでダッシュして、スザンナの隣に座り込む速さが半端なかったわよ。

「そこの伯爵令嬢、おちつけ」

「でも聞きたいでしょう」

「聞きたいわよ」

恋バナよ。

ガールズトークっぽいことをやってるのよ。

推しの話で語り明かしたことはあっても、恋バナなんてほとんど経験ないんだからね。

「えーっと、話を進めていいかしら」

「もちろん」

「それでそれで？」

スザンナの腕を掴んで揺らさないの。

なんで、ネリーがそんなに嬉しそうなのよ。

「ディアがルフタネンに行くちょっと前だと思うんだけど、ベリサリオにはきみに来てもらうからってクリスに言われたの。殿下にもそう言っておいたからって」

「え？　皇太子が決めたんじゃなくて、お兄様が決めたの⁈」

「そこはよくわからないんだけど、あの……今回の婚約者候補の話が出る前から決めてたって言ってて、だからナディア様にドレスの相談をしたらいいんじゃないかって勧めたって」

「それっていつ⁈」

「……ネリー。侍女失格」

「うは。でもでも、すごい話ですよ。クリス様はずっと前からスザンナと将来結婚する気だったたってことでしょう」

興奮しているネリーと真っ赤になってしまっているスザンナ。

私はもうびっくりよ。

なに？　私が恋愛がどうこう言ったのは無駄だったの？　その前からクリスお兄様はそのつもりだったの？

えええ?!　まるでそんな素振りを見せなかったじゃない。

「たぶんクリスのことだから、帝国中の令嬢を調べて、それで一番私が条件に合っていたってことで、好きだとかそういう話じゃないんだとは思うの。それか、私が感謝して負い目に感じないように、そういう話にしてくれたのかもしれないわ」

「ない」

「え？」

「いい？　クリスお兄様はベリサリオの次期当主で、帝国全体よりベリサリオを大事にしているのよ」

椅子に座ったまま、腰に手を当てて胸を張る。

部屋の中でそれぞれ自由にまったりしていた精霊獣達が、のっそりと顔をあげて私に注目して、すぐに興味をなくしたようにそっぽを向いた。

冷たい。精霊獣が冷たい。

「それは言い切っていい話ではないのでは？」

ネリーにまで呆れた顔をされると、ちょっと傷つく。

「いいから聞いて。クリスお兄様はベリサリオが大事。家族がとっても大事なの」

「それはわかっているわ。特にディアとアランが大好きよね」

「つまりね、クリスお兄様にとってのウィークポイントは家族なのよ？　その家族の中に迎え入れて、次期当主の妻になる女性をずっと前から決めていたって、ある意味熱烈なプロポーズよ。この帝国に、あなた以上にいいと思える女性はいなかったってことでしょう？」

大きく目を見開いて、両手で口元を覆ったスザンナの顔が真っ赤になっている。

倒れないでよ？　大丈夫？

「そう……よね。自信持っていいのよね」

「そうよ。堂々としていていいのよ」

ふたりの関係はふたりにしかわからないし、夫婦になる決め手だって人によって違うのかもしれない。

恋愛感情があるかどうかより重要なことだってあるかもしれない……でも、実はクリスお兄様ってばスザンナに惚れてるんじゃないの？

待って。どうしてせっかくスザンナが城に来たのに、彼女の部屋に案内するより先に私と話をさせたの？

スザンナがまだ負い目を感じたり自信を持てないみたいだから、私に話をさせようと思った？

「クリスお兄様、大事なことは自分で言わなくては駄目です」

「なんの話かな？」

食事が始まる前に私が文句を言ったら、にっこり笑顔で答えた。

やっぱり！　妹を便利に使ったな。

「どうしたの？」

「あ、お母様。クリスお兄様ってば、ずいぶん前からスザンナがいいって思っていたそうなんですよ」

「ディア!!」

ふーーん。慌てても遅いもんね。

「あら、そんなの知っていたわよ」

「え？」

「クリスが私に紹介してくれた女の子ってスザンナだけですもの」

「それってドレスの相談でしょ？」

「理由が何であれ、他の女の子にはそこまで優しくないでしょ」

「……母上。食事にしましょう」

さすがお母様。

クリスお兄様がそんなに慌ててる姿を、初めて見たわ。

皇太子の誕生日会

誕生日の式典が行われる少し前の時間、皇宮の奥まった豪華な一室に帝国の中枢を担う貴族が皇太子と共に集まっていた。

うちはクリスお兄様と私が参加している。

お父様と交代して皇宮で仕事をしているお兄様が参加するのはわかるんだけど、なんで私まで呼ばれたんだろう。苦手なんだよな、会議って。

すでに式典の衣装に身を包んだ皇太子は今年十六歳。

婚約者を発表したら次に国民が気にするのは、即位と結婚式の日取りだろう。

どっちもお祝い事だから、みんなも明るい表情で話が出来るねーって言いたいところだけど、全員そろって微妙な顔をしてるのよね。

私という特別枠の存在のせいで。

「では、もう配れるということで話していいんだな」

「はい。準備は出来ております」

皇太子の問いに答えたのは、ブリたんのお父様のチャンドラー侯爵だ。

途中までは私が中心で制作していた教本は、今ではチャンドラー侯爵家に任されている。

私はルフタネンに行ったり、フェアリー商会の仕事があったりとバタバタしていたし、なによりもブリたんとエルダと愉快な仲間達の本制作にかける情熱が強かった。私は挿絵を渡しただけだったわ。

最近、地方ばかりの活躍が目立っていたから、ここらで中央の貴族も頑張っているよって広めるのにもいい機会じゃない？　チャンドラー侯爵は、今は解散したとはいえパウエル公爵の派閥にいた人で、縁の下の力持ち的な役割で中央再建に尽くしてきた人だし、面倒な制作費の問題や、外国語への翻訳についてもおまかせしてしまっていたんだから、全部彼らの功績でオッケーなのだ。

ただ何事にも問題は発生するもので、教本の話を聞きつけた諸外国が自国語に翻訳するのはぜひ自国民にと、翻訳家や外交官を帝国に送り込んできたのよ。

ごたごたしているのは海峡の向こうだけで、もともと国交のある国の外交官や大使が常駐している国も多い。だから情報は絶えず国境を越えて飛び交っていて、精霊王や精霊獣の話を聞いていた国々は、何かの機会を見つけて帝国に人を送りつけたいと思ってたんだね。

「今日は妖精姫に接触しようとする者も多いだろう。クリス、ディアをひとりにさせないようにアランに話しておいてくれ」

「もちろんです」

皇太子がわざわざ言うほど、相変わらず私は危なっかしいらしい。

クリスお兄様は皇太子と一緒に婚約発表しないといけないから私のお守はしていられなくて、今日はアランお兄様がエスコート役なのだ。

「諸外国から、我が国の学園に留学したいとの申し出が複数来ています。リルバーン連合国からも何人かの受け入れの打診が来ていますよ」

パウエル公爵の言葉に、いっせいに私に視線が集まる。

冬場しか開園しない学園に留学するって、来る意味があるのかって話よ。

特に、一年中授業をしている学校のあるリルバーンのほうが、教育という面では帝国よりずっと進んでいるのに。

「国によってそれぞれですが、おそらく三つほど理由が考えられます。ひとつは、冬の雪に閉じ込められてしまう時期にも、子供の教育を行う手段が欲しいというデュシャン王国のような例です」

「デュシャン王国との貿易はうまくいっているようだな」

「はい。コルケット辺境伯のおかげで、いい関係を築けております」

北のデュシャン王国はエーフェニア陛下が即位する時の国境線で負けて、少々国土を帝国に取られている。でもコルケット辺境伯がその土地を、両国で自由に商売が出来る地域にしたおかげで、貿易が盛んになって関係もそこそこ良好らしい。

「彼らが少しでも南に国土を広げたいという気持ちは、私にも理解出来ますからな。しかし、侵略されるのを許す気はない。ならば貿易で互いに必要な物資を、少しでも安く手に入れられるようにするのがいいと思ったんですよ」

デュシャン王国の人達は寡黙で真面目な人が多いそうだ。何か月も雪に閉じ込められる生活のせいかもしれないね。

同じく北にあるタブークは、くそ寒いけど雪は少ないらしい。

私はどっちも嫌だわ。ベリサリオ、最高！

「ふたつめは精霊との付き合い方を学びたいという理由です。連合国やシュタルクなど、ほとんどの国がこれを理由に挙げています」

「連合国としては精霊車の量産と運用は急務だろう」

「さようですな。それと空間魔法と転移魔法を学びたいようです」

険しい山脈の向こうにあるリルバーン連合国は、小国がいくつか集まり、それぞれの王族が集まった議会で政治を行っている。

大陸の端にあるこの国は、連合国としてなら帝国よりも面積が広いんだけど、海と山脈と豪雪地帯に囲まれているせいで、他から隔離されてしまっているの。

海から遠回りしてルフタネンや帝国と貿易するしかないので、小国同士が戦争なんて始めたら、共倒れしてしまう地域なのよ。

でも連合国になったおかげで人や物資の移動が盛んになって、商人の国と言われるくらいに発展しているし、教育にも熱心で女性も仕事をするのが当たり前という考え方らしい。

だからね、帝国の精霊車が楽々と山脈を越えて物資を運んできた時には、大騒ぎになったらしいよ。

馬がいない馬車が、宙に浮かんで移動してきたんだから。

それまでは、たった一つの険しい街道を何日もかけて行き来していたんだもん。転移魔法も空間魔法も、喉から手が出るほど欲しいのよ。

「リルバーンもデュシャンも精霊王は信仰の対象で、精霊を育ててはいたようですが、対話をするという発想がなかったようですな。教本も非常に感謝されておりますし、他の授業はいいので精霊と魔道具に関しての講義を集中的に受けさせてほしいとのことです」

「精霊王は、たまに運のいい者が見かけることが出来る程度の交流しかないらしいな」

「あとは何年かに一度、お告げをしに姿を現したという話を聞いております」

皇太子の成人式に、ちゃっかりアーロンの滝にいましたけど？

人間との共存に力を貸してくれって言ってたよ？

帝国で姿を現すくらいなら、自国で顔を出して対話すりゃあいいじゃないの。何をやってるのかね。

「そして最後に、妖精姫と親しくなって自国に連れ帰ろうと目論んでいる国がいくつか」

えー、なにそれ。留学を受け付けるのは高等教育課程だけでしょ？　校舎が違うよ？

寮と校舎を移動する時か茶会でしか会えないのに、そんな仲良くなるほど交流出来ないでしょう。

「問題は寮だな。連合国の学園では学園側が寮を用意しているようだが、我が国はあくまでも各貴族が用意した寮に、それぞれの領地の貴族の子息を預かっている形だ。各国用に寮を建てるのはかまわないが、今後も留学生が来そうなのはデュシャンくらいだろう」

皇太子は、大きな椅子に足を組んで座り、肘掛けをトントンと人差し指で叩きながら話をしている。

もうすっかり大人に囲まれて皇族の仕事をすることに慣れ、威厳さえ出てきた。

「いっそ、皇族の寮を増築するか？　各国の動きを把握しやすいぞ」

「おやめください。警備が大変なことになります」

こういう場ではいつもあまり発言しないパオロがすかさず否定したので、思わずみんなから笑いが漏れた。

「建物の管理は各国にさせればいいですし、使わないというのなら我が国で再利用すればいい。留学生を受け入れないという選択肢はありえないでしょう」

私の隣に座るクリスお兄様ってば、超不機嫌。

特にベジャイアとシュタルクからの留学生が嫌なんだよね。私だって嫌だよ。

「まあな。せっかく各国との関係が良好なんだ。留学くらいは受け入れるべきだろう。なに、妙なことをしたら戦う口実が出来る。他国に砂漠が増えても、我々には関係ない」

「そうですね。さすがに今年は無理でしょうから、来年からということで各国に答えましょうか」

皇太子ってば、海峡の向こうに軍を出す口実を探しているんじゃないでしょうね。

そりゃ皇宮にまで入り込んで、私のお友達に毒を盛ったニコデムス教は許せないわよ。このままにしておいては帝国の威信に傷がつくし、どこかで決着をつけなくてはいけないんだろう。でも戦争は駄目よ。ペンデルスとの間にはシュタルクがあるんだもの。ただでさえ貴族のせいで精霊王との関係が悪化して、作物がまともに育たなくなっている地域の平民は、大変な思いをしているはずなんだから。

留学している場合じゃないだろう。貴族の古い習慣や悪い慣例をどうにかしろよと私は言いたい！

「そろそろ、次の話題に移ってもよろしいでしょうか」

「どうした？　ノーランド」

「モニカが婚約者と決まったのはいい機会です。我がノーランドは殿下のブレインのメンバーから外れさせていただきたいと思います。グッドフォロー公爵であれば蘇芳様の担当地域に領地をお持ちですし、私の代わりとして推薦させていただきます」

「……そうだな。身内の一族が権力を持つ危険性を、皆が心配するだろうな」

バントックの二の舞になるんじゃないかって心配は、誰もがしちゃうだろうね。

そっかー。お父様に続いてノーランドも交代か。

「どうだ、公爵。やってくれるか」

「ありがたいお言葉ですが、ベリサリオ辺境伯が御子息と交代なさっていることですし、先のことを考えますと、私が加わるよりは息子のローランドのほうがよろしいのではないでしょうか」

「なるほど。それも一理ありますな」

ローランド様はグッドフォロー公爵家の嫡男だ。

年が離れているから接点が少ないけど、真面目で優しい兄だとパティが話していたっけ。

公爵家三家と辺境伯家三家。特にパウエル公爵と辺境伯三家は皇太子の後ろ盾として政治を支えていたメンバーだけど、エーフェニア様と将軍が皇宮を去ってもう五年。お父様からクリスお兄様に役割が変更されたり、辺境伯が代替わりしたこともあって、最近は後ろ盾というよりブレインという捉え方のほうが強くなってきているし、若い人材がメンバーに入るのもいいのかもね。

「デリックが側近からはずれたことだし、問題あるまい」

「殿下。帝国は今、他国から動向を注目されております。即位は十八になられた年に行う予定でしたが、国民もすっかり今の体制に慣れ、エーフェニア様の統治は過去のものになっております。いっそ来年の末か、翌年の春にでも即位なさってはいかがですか？」

「私もパウエル公爵の意見に賛成です。もはや皇太子のままで政《まつりごと》を行う必要はありますまい」

「ふむ。そうだな。私が即位した方が弟も動きやすいかもしれんし……」

パウエル公爵とコルケット辺境伯の意見に頷いた皇太子は、椅子の肘掛けに頬杖を突いたままで、なぜかじっと私の顔を見つめた。

今の話の流れで、私が注目される意味がわからない。

「この前読んだ本に、連合国の即位式の話が出ていた。あそこでは各国の王が即位する時に、議長が王の頭に王冠を被せるのだそうだ。どうだ？　我が国では妖精姫が私に王冠を与えるというのは」

うげっ！　なんちゅー提案をするのよ。

「これ以上、ディアに世間の注目が集まるのは反対です」

テーブルに手を突いて腰を浮かせたクリスお兄様と皇太子が互いに見つめ合ったまま動かないよー。

睨み合ってる？　気のせいよ。

見つめ合っていると思わせて。

「むしろ注目が集まった方が安全だとは思わないか？　皇帝に王冠を与える大役を担うほどに、妖精姫は帝国で特別な存在だと他国に示せる。その特別な存在に手を出すやつがいたら、ベリサリオだけではなく帝国全体がその者を許さないだろう」

「しかし……」

スザンナも言ってたよね。ベリサリオは怖いんだって。

特に最近はルフタネンとの貿易が盛んだし、両国の精霊王がしょっちゅう顔を出している。

この場にいる人達は事情を知っているから何も言わないけど、他の貴族や国民からしたら、ベリサリオは独立しようとしていると思われかねない。

「わかりました。やります」

「ディア！」

「でも、王冠を落としたらごめんなさい」

「……ぎりぎりまで台に置かれている物を、持ち上げて私に被せるだけだ」

「それなら……」

でも重いんじゃないの？

落ちて転がっちゃって、拾えなかったら大変だな。

「本当にディアに任せて大丈夫ですか？」

「少し……不安は残るな」

皇太子とクリスお兄様って、基本的には仲がいいと思うのよ。

思うんだけどお互いの立場がね、違うからね。守らなくてはいけないものも違うしね。

そこがまた萌えポイントだと思うんですよ。

「王冠を被せるということは、妖精姫自ら私を皇帝と認めることだ。それは精霊王が認めたのと同じ意味がある」

精霊王は人間の政治に干渉しないから、認めるなんて宣言出来ないもんね。

私が代わりに行動で示したってことにするのか。

別にいいけど。誰も反対してないし。

「アランは近衛として身辺警護に当たり、クリスは参謀として政治に参加。ベリサリオの忠誠には感謝している」

「はあ⁈　アランが成人したら、僕は領地に帰るって話だっただろう！」

クリスお兄様！　落ち着いて！　ため口は駄目ですよ‼

「そんな話があったか？　私は聞いていないぞ。パウエル公爵、聞いていたか？」

「さあ、存じませんな」

すーっと冷静な顔になるクリスお兄様がこわい。

それをにやりと笑って眺める皇太子がこわい。

終始穏やかな微笑で話しているパウエル公爵もこわいよ。

私はどうすればいいの？　笑顔か。私も笑顔か！

「「「……」」」

え？　なんでみんな驚いた顔をしているの？

「……さて、時間もありませんし次の話を」

「そうだな……」

「そうですね」

ちょっと待て。

それは私の笑顔が一番こわかったってことか？

そうなのか⁈

ベリサリオの女性

涼しげな音を立てて水が流れる壺を抱えた女性の像が立つ、中庭の噴水をぼんやりと眺めて、あんな中腰でずっといなくてはいけないのは大変だろうなあとくだらないことを考えた。

うん。現実逃避中ですがなにか？

誕生日会は、秋の穏やかな日差しが射し込む大きな窓のある、金色と茶系でまとめられた広間で行われている。

夜には舞踏会も開かれるので、昼の部に参加する貴族はそれほど多くはない。

メインは夜なので、そこに出られない成人していない年齢の子とその家族、そして仕事の話をしている外交官がほとんどだ。

ただ今回は、皇太子とクリスお兄様の婚約者が発表されたから、盛り上がりはすごいよ。

会場の中央では、皇太子とモニカ、クリスお兄様とスザンナ、そしてそれぞれの家族が大勢の人に囲まれているはずだ。

あまりに人が多すぎて、窓際に座っている私の場所からじゃ全く見えないけどね。

今日は席は決められていなくて、ビュッフェスタイルで料理を持ってきて自由に過ごせる形式だ。

立って食べるのははしたないという考えが根付いているので、立食パーティー方式と言っても、ちょっとだけ料理を皿に盛って、それを食べている間席に腰かけて会話して、食べ終わったら料理を取りに行くという理由で席を立ち、違う席に移動する人がほとんどだ。

でも私の前には皿が三つも並べられて、肉からスイーツまでが綺麗に並んでいる。

ここから動くなというクリスお兄様と皇太子の圧力が、美味しそうな料理から発せられているみたいよ。

「カミル。せっかく帝国まで来たのに、ここに座っていては仕事にならないだろう。今日はいろんな国の外交官が来ているよ」

私の右手にはアランお兄様が座っていて、

「もうアンディに挨拶したし、うちも外交官が来ているから心配はいらないよ。毎日くそ忙しいのを頑張って、ようやくここに来たんだ。のんびりさせてくれ」

左手にはカミルが座っている。

他国は外交官しか招待していないのに彼だけはここにいるのは、成人の祝いに来た時に何日か皇宮に滞在して皇太子と親しくなったから。それと、ルフタネン国王の婚儀に出席した時のお礼の品とお祝いの品を、国王の名代で届けるためだそうだ。

「皇太子殿下といいきみといい、ディアには癒しの力でもあると思っているのか？」

「皇太子？　婚約者がいるくせにディアの下に通っているのか？」

「カミル、誤解を招くような言い方はやめて。アランお兄様もですよ。変な噂がたったらどうするんですか。皇太子殿下はベリサリオの城から海を眺めるのがお気に入りなだけです」

ふたりとも私のすぐ横に座って、室内の様子を観察しながら会話している。

だから顔はそれぞれ違う方向を向いているの。

それも刑事みたいな油断のない目つきなものだから、護衛ふたりに囲まれているようなもので非常に安心なんだけど、誰も私に近づけないのよ。

しかも精霊獣を小型化して顕現しているでしょ？

三人とも全属性の精霊獣を持っているから、かなり賑やかよ。

アランお兄様の精霊獣が小型化すると手のひらサイズなのがありがたい。テーブルの上でわちゃわちゃしていて、見ていて飽きないのもありがたいわ。

「ディアが癒しになる人なんているのか?! 信じられない！」

余計なことを言ってふたりにぎろっと睨まれたのは、ひとりだけ少し離れて座っている従兄のハドリーお兄様だ。

短く切った銀色の髪とエメラルドグリーンの瞳。クリスお兄様と全く同じ色合いなんだけど、あまり似てはいないかな。彼は美形というよりは親しみやすい顔をしている。ちょっとたれ目なところが私と似ているかも。

「穏やかで優しい女性ならわかるけど、ディアは行動力がありすぎてハラハラしてしまうよ」

「他の女性と違って、ディアは話しやすいし、思わぬことを言い出して楽しい」

「それは癒しなのか？　カミルくん、ベリサリオの女は強いよ。よく考えた方がいい」

ハドリーお兄様は成人してからずっと連合国に留学しているから、年に何回かしか顔を合わせる機会がない。

彼は、海峡側の港のあるグラスプール一帯を治めている叔母様の息子だ。

「女性が強い？　ナディア様も優しい方だと思うが」

「あの方は嫁いできた方だろう。知らないのか？　うちの祖母は自分で婿を選んで、口説いてベリサリオに引っ張ってきた女傑だぞ。しかも夫を選ぶ基準が、ベリサリオ軍を強化出来る男だぞ」

「貿易や領地経営はお婆様が自分でやっていたんだよ」

「アラン。私が言いたいのはそうじゃない。若い女性が結婚相手に望むのが、軍事強化というのはおかしいだろうという話だ」

ハドリーお兄様とアランお兄様の説明に、カミルはむしろ楽しそうに目を輝かせた。

「それはすごいな。ぜひ会ってみたい。きみ達の祖父というのは、先の戦争の時に精霊を持つ兵士を乗せた軍艦を、港にずらりと並べてみせた人だろう？」

「そうだ。やるなら受けて立つぞ、こっちはこれだけの戦力を持っているぞとデモンストレーションしたんだな。アランと同じ赤茶色の髪をした人だよ」

その頃はまだ、精霊を持っている人はそう多くなかった時期だ。

中央では精霊の森が壊され、シュタルクもベジャイアも精霊の重要さなんて知らなかった。

ルフタネンだって精霊王が引き篭もっていて、精霊の数は少しずつ減り始めていた。

その中で精霊の力に目をつけて、兵士に精霊を持つように指導したお爺様はすごいと思う。

そしてお爺様のもっとすごいところは、出来れば精霊を実際の人殺しには使いたくないから、そして大事なベリサリオの地を戦場にしたくないからと、精霊がこれだけ揃っているんだぞと牽制に使って、戦争を回避したところだ。

「牽制？　シュタルクやベジャイアは、どさくさに紛れて侵略してくる気なんじゃないかと、本気で恐れていたと聞いているぞ」

他国から見たら、そんなに怖かったんだ。

だって帝国だもんね。

それまで軍事力で領土拡大してきた大国だもん。

「そういえば、ベリサリオには何度も行っているのに、その方にはお会いしたことがないな」

「いないからね。先の戦争でベリサリオは戦地にならなかったけど、お爺様の故郷は戦場になったのよ。それでお父様に当主の座を譲って、戦うために故郷に帰ったの」

「戦争が終わっても、夫婦そろって旅行に行っちゃって。……タブークの建国を手伝ったらしいよ」

アランお兄様と私が遠い目になるのも仕方ない。

ベリサリオにいない時期が長すぎて、祖父母の存在は都市伝説レベルになった時期があったんだから。

お爺様の髪の色をアランお兄様だけが受け継いでしまったせいで、ひとりだけベリサリオらしくないと言われて苦労したりもしたのだ。

今じゃ、誰もそんなあほなことを言う人はいないけどね。

「ああ……タブークの精霊王が、それでディアを誘っていたらしいな」

「よく知っているわね」

「モアナが教えてくれた」

あの精霊王、なんでも話しちゃうんだな。

「でも今は、お爺様もお婆様もグラスプールの別邸にいるわよ」

「ええ?!」

「ハドリーお兄様、知らなかったんですか?」

「我が母上とお婆様が揃っているだと!? ……城に泊めてくれ」

「あいかわらずだなあ」

アランお兄様は呆れ顔だけど、ハドリーお兄様は本気だ。

「なんで彼はこんなに嫌がっているんだ?」

「ハドリーお兄様は強い女性が苦手なんですって。お婆様も叔母様も強いから……」

「うちの父上も婿養子なんだ。ハリントン伯爵家は何世代もかけて伯爵まで爵位をあげた中央の貴族なんだけど、領地を持っていない。代々、文官揃いでね。仕事に関しては優秀でも、社交は苦手だった。優秀なだけじゃ、貴族は成り上がれないだろう? 伯爵になれただけでも御の字だったんだよ」

「中央だと縦社会が強くて、優秀でも上の命令が絶対でしょ? だから叔母様は、土地はやれないけど港をひとつ、好きに運営していいよと言って叔父様をスカウトしてきたの」

「母子揃って」

「そうなのよ」

お父様だって、当主になったばかりの頃は苦労したのよ。若い当主に無理難題を吹っ掛ける貴族もいたしね。それなのに戦争が終わっても祖父母が帰って来なくて、これは私が兄の手助けをしなくてはと、叔母様が叔父様をスカウトして港の運営に乗り出してくれたんだって。

ベジャイアは内乱で、シュタルクは精霊王を怒らせていて食料の不足がひどいから、今は帝国からの輸出量がかなり多いのよ。

おかげで町の規模としては、城のそばの港町よりグラスプールのほうが発展している。ただ治安がいまいちらしい。

「土地がもらえなくてもよかったのか」

「父上は領地経営じゃなくて、貿易と港の拡大をしてみたかったらしい。好きなことが好きに出来て大満足のようだ。でも僕までその仕事の後を継がなくてはいけないのは迷惑だ」

「嫌なのか？」

「僕は地方の領地に引っ込んで、まったりと生活したい！」

それなのに商業の発達した連合国に留学してるのはなんなのさ。

「家から出たかったらしいよ。叔母様も妹もこわくて」

「アラン」

「本当のことだろう？」

「くっ。そうだよ。僕は普通の女性と知り合いたいんだ。優しくて可愛くて放っておけないような女の子だ」

「ディアも放っておけないよ。怪我しそうで」

「アランお兄様？」

もう転んでないでしょう？

「そうなんだよね。ディアはちゃんと捕まえておかないと、何かやらかしそうで心配なんだ」

周囲を見回す時もお兄様と話す時も目つきがきついのに、私を見る時だけカミルの目元が少し緩むように感じるのは、私の気のせい？　自意識過剰？

でも好きだと言われたせいかこうして会話していても、隣に座るカミルの存在をどうしても意識してしまって、あまりカミルのほうに顔を向けられないんだよなあ。

「ベリサリオの女性が嫌なら、留学先に素敵な人はいなかったのか？　そろそろ結婚相手を決めないと駄目だろう。叔母様に勝手に決められるぞ」

ハドリーお兄様はもう十七歳なのよ。

そろそろ婚約相手だけでも決めないと、アランお兄様の言う通り、親が縁談を決めてしまうかもしれない。

「連合はな、仕事をしている女性が多いんだ。商売に関わる女性も多くてな」

「ベリサリオの女性と変わらなかったのか」

「いや、もっと強かった」

まあ。

是非とも連合国の女性とお話してみたいわ。

「あら」

話をしながらずっと周囲を眺めていたから、カーラとパティが遠慮がちに近付いて来るのに気付いた。

私が笑顔で立ち上がって、いつものように小さく手を振ったので、話しかけても平気だとわかってくれたみたい。小走りで近付いてきてくれるふたりの笑顔が可愛い。

かっこいい男三人に囲まれていたのに贅沢な意見かもしれないけど、野郎ばかりよりは女の子もいた方がいいよ。

他から見たら、私ってば男三人を侍らせているみたいに見えるんじゃないの？

そのうちのふたりは兄と従兄なんだけどさ。

「お邪魔じゃない？」

少し手前で足を止めて、そこからはそーっと近付いてくる様子も可愛くて、つい笑顔になってしまう。

ハドリーお兄様が嬉しそうな顔になっているから、このふたりなら癒しになるらしい。

「全然邪魔じゃないわよ。ふたりはハドリーお兄様は御存じ？」

「ええ、ずいぶん前ですけど御挨拶させていただきましたわ」

「ハリントン伯爵の御子息ですよね。ご無沙汰しています」

パティもカーラも、挨拶したことがある程度の付き合いか。

「こちらにお帰りに？」

「いえ、すぐに戻らなくてはいけないんです。来年までは連合暮らしですよ」

「まあ、お忙しいのですね」

カーラの言葉に、ハドリーお兄様はあいまいに微笑んだ。

母親と祖母が苦手なんですとは言えないよな。

「よかったらここで話さない？　私はここから動いては駄目なんですって」

「どうして？」

「初めて外国の方と接するのは、相手を選んで、そういう機会を作って計画的にやりたいんですって」

「外国の方って外交官しかいませんもの。ディアに話しかけられる人なんていないんじゃなくて？」

「あ……」

そうよ。そうじゃない。

今回は帝国の精霊の様子を窺うためと留学方法を打ち合わせるために、外交官を送り込んできた国ばかりだもん。なんで私がここにいないといけないのよ。

「話しかけてこなくても、観察はしているだろう」

アランお兄様に言われて気付いた。

そうか。私は皇宮にあまり顔を出さないし、外交官がいる場所に姿を見せることもあまりない。

今までだと……皇太子の成人式くらい？

どの国も、私の情報が欲しいんだ。

「待って。観察されているのに、ずっと隣にカミルがいるのって……」

「わざとに決まっているだろう。早めに牽制しておきたいからな。今まで気付いていなかったのか？」

うぐう。どうしてこう、自分のことになると鈍いんだ、私は。

でもこの場合、カミルが邪魔だと思う国もあるんじゃない？

危険じゃ……ないな。精霊獣が全属性いて、転移魔法を使えるんだから。

「カミルに負けたくなくて、留学するやつが増えるかもしれないけどな」

アランお兄様、それがわかっているなら早く言ってくださいな。

条件は満たしても

妖精姫が他国の外交官の目にどういう風に映ったかは知らないけど、ひとまず問題なく誕生日会昼の部は終了。

私は護衛のジェマと執事のレックスと一緒に控室に向かった。

そうそう、大ニュースですよ。

レックスもアランお兄様の執事のルーサーも、一代限りとはいえ男爵の称号をもらったんですよ。

実はお父様が少し前に要望を出していたんだって。

アランお兄様は成人したら近衛入団で皇都生活でしょ？　ルーサーが平民のままでは、皇宮内で行動出来る範囲が限られてしまう。

レックスだって、私が結婚した時にもついていくって言っているから、どこに行っても平民だからって苦労しないように男爵になれてよかったわ。

ブラッドは家族とベリサリオで生活する今の暮らしが気に入っているので、いずれはクリスお兄様の護衛に異動になる予定だ。執事の仕事も城内なら平民でも問題ないんだけど、本人は護衛専門がいいと思っているみたい。

もうレックスも十九歳よ。すっかり大人っぽくなっちゃってさ、城の女の子に大人気よ。

優しいし、性格もいいからね、モテるのはよくわかる。

男爵になったお祝いに、ベリサリオ家がプレゼントした正装を着たルーサーとレックスは、とっても素敵だった。ただ堅気には見えなかった。

ルーサーはわかるんだけど、なんでレックスまで悪そうに見えるんだろう。

そしてこちらはまだ確実ではないんだけど、ジェマとルーサーがいい雰囲気なんですよ。

いつまでも浮いた話がないから心配していた私としては、ジェマに恋人が出来たなら嬉しいよ。

てことで、レックスも私が皇宮に用がある時に、同行出来るようになったのだ。

アランお兄様は近衛の人に捕まって、カミルはパウエル公爵と皇太子に捕まっていたので、私は控室で待つことにした。

混んでいる転送陣の間に行かなくても、転移魔法で帰ればいいじゃない？

でもアランお兄様を置いて、先に帰ってしまうのも冷たいしね。

夜会に出る人達は控室で着替えるから、廊下はどこも人がたくさんいる。

いちいち注目されるのが嫌で、中庭を通って控室に向かうことにした。

相変わらず中腰で壺を抱えている女性の像を眺めながら、ぐるりと噴水の横を回り石畳の道を歩き始めてすぐ、後方から駆け足で近づいてくる足音に気付いた。

誰だろうと振り返った先にいたのは、デリルだ。

ラーナー伯爵家嫡男で、私にとっては同級生だ。

「ディアドラ様、少しよろしいですか？」

「まあ、デリル様、おひさしぶりです。どうかなさいましたか？」

「あの……少しお話したいことが」

おや、意外だわ。

学園に入園したばかりの時に、空間魔法を僕も使えるようになる！　と宣言されて以来、挨拶以外の会話を初めてしたかも。

未だにお互いに「様」をつけて呼びあっているのが距離感を表しているわよね。

「なんでしょう？」

「あの……ここでは……」

ちらっと後ろにいるジェマとレックスを見て、あいまいに言葉を濁して私を見る。

少し頬が赤いような気がするけど、走ってきたからかな。

「では少し歩きましょうか。彼らには後ろをついてきてもらいます。声が聞こえないように結界を張りますわ」

「それなら……はい」

デリルはいい意味でも悪い意味でも、昔と変わらない感じがする。

初めてコルケット辺境伯の屋敷で会った時の印象のままだ。

柔らかい栗色の髪に穏やかなグリーンの瞳。男の子と一緒にいても大きな声を出すところも、走り回っているところも見たことがない。

「ふたりともお願いね」

「はい」

「かしこまりました」

レックスが頷くと、彼の足元にいた犬の精霊獣が、任せておけというように鳴いた。

なんでレックスの精霊獣はマメシバになったんだろう。かわいいよ？　かわいいけど、この世界にマメシバはいないはずなのよ。

小さくてもふもふでコロコロしているマメシバは、いつも嬉しそうに尻尾を振ってレックスの後ろをついていく。

初めてみた時に私が、

「マメシバだ！」

って騒いだせいで、彼の名前はマメシバになってしまった。

そういえば私がまだ小さかった頃、レックスが精霊獣は犬の姿がいいと話していた時に、マメシバの絵を描いて見せたことがあったかもしれない。

「それで、お話って？」

後ろからジェマとレックスが心配そうな顔でついてくるのを確認してから歩き出し、隣に並ぶデリルに尋ねた。

「やっと空間魔法を使えるようになったんです！」

「まあ、おめでとうございます！」

「成人していない子供では、ディアドラ様に続いて二番目ですよね」

「え？　ええ、そうですわね」

嘘はついていない。

うちのお兄様達もパティもイレーネも、まだ安定して空間魔法は使えない。

それが出来ないうちは危険だからと転移魔法は使用禁止になっていて、先生や転移魔法の使える大人がいないと練習もやっては駄目なの。

自信をもって使えるって言うのだから、デリルはもう安定して使えるんだろう。

「これで僕は、条件をクリアしました」

「……条件？」

「ディアドラ様とお付き合いする条件です」

…………は？

…………今、なんて？

「お付き合い？」

まずい。驚きで頭がうまく働いてくれない。

彼は何を言い出したの？

「あの……空間魔法は条件にはいっていませんよ？」

違うでしょ、私。そういう問題じゃないでしょ！

「それは僕のこだわりです」

「な、なるほど。でも……あー……ちょっと待ってください」

落ち着けディアドラ。

最近、心拍数があがる場面ばかりだけど、私の心臓は大丈夫か。

「ディアドラ様？」

「驚いてしまって。意外でしたから」

「意外ですか？」

「はい。だって私達、ほとんどお話したことがありませんよね？　学園でも挨拶しかしませんでしたわ」

「条件を満たしていないのに、ディアドラ様の気を引こうとしている男の子と一緒にされたくありません」

いやいやいやいやいや。

気を引こうとしている男子って誰よ。

会話は重要だろ。

見た目と性格の格差に定評のあるディアドラだよ？　話さないで決めちゃ駄目よ。

「でもお話しなくては、どんな子かわからないんじゃありません？」

「わかります。ディアドラ様は可愛くて優しい女の子です」

お、おう……。褒めてもらえるのは純粋に嬉しい。

でもね、普段の私は平民の子と変わらない話し方もするんだぞ。

訓練所で走り込みもしているぞ。

なんて、言えない。言いにくい。

大きな緑の目をキラキラさせて、拳を握り締めてまっすぐに見つめてくるデリルくんが眩しいわ。

まだ十一歳だもんね。真面目でまっすぐな男の子なんだよね。

私の周りは子供らしくないやつが多すぎて、普通の男の子がこの年代だとどんな感じかわからないよ。

「えーっと、ラーナー伯爵はこの話をご存じなのかしら？」

「……迷惑なんですか？　それで……」

「迷惑じゃないの」

反射的に両手を振って否定しちゃったけど、困ってはいる。

まるっきりこの展開は考えていなかった。

「ただ魔道士長のラーナー伯爵と魔道省の人達は、精霊省をライバル視していて、ベリサリオのこともよく思っていないと噂になっていますよ」

精霊省の責任者は元の魔道士長と副魔道士長だ。

魔法を使うのは精霊で、新しい魔法を開発したかったら精霊と協力しなくてはいけないでしょ？

だったら、精霊省で研究した方がいいじゃないかと、彼らは魔道士長という肩書を捨てちゃったの。

それで今、魔道省は魔道具省と呼ばれてしまっている。生活に便利な新しい魔道具を開発するのが仕事になりつつあるから。

それも大事な仕事だよ。だけど、魔力の強い者が多いと有名だったラーナー伯爵家としては面白くないよね。

そのうえベリサリオは精霊車を筆頭に、新しいことをどんどんやっている。

魔道具製作でも後れを取りそうで、早く結果を出そうと焦っているみたいなの。

「精霊車は魔道具じゃないですよ」

「そうですね。あれは精霊獣が動かしているだけのただの箱です」

「だからお父様も気にしていません。むしろディアドラ様を心配しています」

「え？」

「ディアドラ様のそばにはいつも、兄君のどちらかがいるじゃないですか。あれは、勝手にディアドラ様が話さないように見張っているんじゃないかって。ベリサリオとしては妖精姫を手放したくないから、他家と親しくさせたくないんじゃないかって」

ぐわあああ。そういう見方もあるか。あるよね。

確かにお兄様達のガードの固さったらないもんね。

ベリサリオのことをよく知らない人からしたら、私はいつも見張られているお姫様なのか。

「ルフタネンに行かせたり、商会の仕事を手伝わせたり、皇太子殿下まで巻き込んでディアドラ様を利用しているのではないですか？」

うわ。ベリサリオ悪党疑惑炸裂。

「それはありませんわ。全部私が好きでしていることなんですよ」

「仕事をですか？　ラーナー伯爵家に来れば仕事なんてしないでいいんですよ」

「仕事をしなかったら、何をするんでしょう？」

「へ？　女の人は、茶会を開いたり刺繍をしたり？」

「私は、お茶会も刺繍も大嫌いなんです。仲のいいお友達とのお茶会は好きですよ？　でもそうではないお茶会は仕事です。商売の場でもあります」

女にとってお茶会は戦場だと、誰か言ってなかったっけ？

本音を笑顔で隠し、自分の家の評判を高め、領地の産物をそれとなく宣伝する。

弱みでも見せて変な噂を立てられたら、あっという間に没落することだってあるらしいよ。

「そう……ですか？」

「デリル様はベリサリオに、あまりいいイメージを持っていらっしゃらないみたいですね」

「ごめんなさい」

「いいえ、いいのです。でも私とお付き合いして婚約となったら、ベリサリオと親戚になるんですよ？　うちの兄や両親と頻繁に顔を合わせることになりますよ？」

「そんなことないです。ラーナー伯爵家に嫁ぐのですから、会いたくなければ会わなければ……」

「それは無理です。私は妖精姫ですから。おそらくデリル様は皇太子殿下に呼ばれ、皇宮で働くように打診されるでしょう。そして公爵家や辺境伯家と渡り合わなくてはいけなくなります」

「な……んで」

伯爵家なのに、皇太子や公爵家とやりあうのはきついよね。

辺境伯家だって、どこも癖が強いもん。

「精霊王にも会っていただかなくてはいけないし、他国の代表とも会うことになるでしょう。どこも精霊王と親しくなりたくて、私を国に連れ帰りたいみたいなんです」

デリルくん、顔色が悪くなっているけど平気かしら。

ラーナー伯爵に相談していないみたいだし、そこまでは考えていなかったのかな。

「ちょっと待ってください」

背後から、慌てたレックスの声がする。

そちらを見たデリルは大きく目を見開いて、おどおどと左右を見た。

彼が慌てた理由はすぐにわかった。

アランお兄様とカミルとダグラスが、こちらに走ってきていたからだ。

「ごめんなさい。失礼します」

「え？」

彼らをレックスとジェマが止めているのを眺めてしまっていたから、声に反射して振り返った時には、デリルはくるりと背中を向けて走り出していた。

あれ？　なんで謝られたのかしら。

私が振られたみたいになってない？

私のために争わないで？

彼が逃げ出したくなる気持ちはわかる。このままここに残る勇気は、なかなか持てないと思う。

あまりいい印象のないアランお兄様と、領地が近くて同年代だから顔を合わせる機会も多いダグラス。それに目つきの悪い外国の少年までいるんだよ。逃げるのが一番賢い選択だ。

私だって、振り返るのがちょっと怖いもん。

何も悪いことなんてしていないのに、後ろめたい気がしてしまう。

それでもずっとこうしてはいられないから、無理矢理平静を装って振り返ってみた。

なんだこの緊迫した空気は。

レックスは、こいつらどうします？　押さえときます？　って困った顔でこっちを見ているし、ジェマはなぜか少し嬉しそうな顔で、頬を紅潮させて私と三人を見比べている。

ダグラスとカミルが怖い顔をしているから、あーあって顔をしているアランお兄様が一番話しかけやすそうなんだけど、肩をすくめてレックスの隣に移動したってことは、傍観者を決め込むつもりね。

ちょっと誰か、この状況を説明して。

ウィキくん、こういう時に活躍してくれると私は嬉しいよ？

機能が違う？　あ、そうですか。

「ディア、さっきのやつはなんだ」

先に動き出したのはカミルだ。

「デリル・ラーナー伯爵子息。ディアとは同級生だ」

ずかずかと何歩か私に近づいていたカミルは足を止め、答えたダグラスを振り返った。

「知り合いか？」

「高位貴族で年が近ければ、だいたい知り合いだろう？」

「……」

ダグラスの返事には反応しないで、ふんと顔を背けて私のほうに歩き出すカミルの機嫌の悪そうな様子に、一瞬アランお兄様や執事達に助けを求めそうになったけど、よく考えたら、私は何も悪いことをしてないわよね。ビビる必要はないのよ。

「なぜ中庭に？」

「廊下は混んでいるからよ」

「デリルと何を話していたんだ？」

この質問をしたのはダグラスだ。

カミルを追い抜く勢いで近づいてきて、その勢いのままで聞かれた。

「なんでそんなことを答えなくちゃいけないのかわからないわ」

それを答えたら、デリルが気の毒だ。

デリルからラーナー伯爵に話がいくとは思わないけど、何かあったらまずいので家族にはあとで話すよ。でもそれだけ。他の人には、お友達にだって話さない。

「あいつに……好きだって言われたのか？」

「は？」

「なんだと」

もしかして、デリルの気持ちを知ってた?!

男の子同士はそういう話をしてたの？

それとも気付いていない私が鈍かった？

「だから、なんでそんなことをあなたに答えなくちゃいけないのかわからないわ」

「僕は！」

「黙れ、ダグラス」

私のすぐ前まで近づいていたカミルが、私とダグラスの間に割って入った。

「それだけの魔力がありながら、精霊すら全属性揃えられていないのはなぜだ。サボっていたのか？　それとも迷っていたのか？」

…………え？

何を言っているの？

ダグラスの精霊が揃っていないとどうなの？

「それは……」

「どっちにしても、おまえじゃ駄目だ」

待って。どういうことなの？

「おまえじゃ、ディアを守れない」

「……」

は？

え？

これはつまり、私のために争わないで状態？

はあああ?!　なんでなんでなんで!!

「カミル、何か誤解をしてるわ」

「していない。ディアが鈍すぎるだけだ」

「そんな、だって……」

だって、ダグラスはお兄様達の友達で、私にとっても幼馴染で。

小さい頃からよく顔を合わせていて。

今までそんな素振りはなんにも……。

「黙っているってことは、自分でもわかっているんだろう？」

「カミル、そのくらいにしよう。ここは目立つ」

冷ややかな口調のままダグラスに詰め寄りそうになったカミルを、ようやくアランお兄様が止めた。

「廊下が混んでいるから、中庭に出てきた人が増えてきた」

たしかに、ここはまだ噴水が見える位置だ。

私達の存在に気付いて、こちらを窺っている人もいるみたいだ。

「カミル、ディアを連れて先にベリサリオに帰っていてくれ。また新しい食べ物を持ってきているんだろう」

「……ああ。持ってきているな？」

カミルに聞かれて、少し離れて立っていたキースが頷いた。

アランお兄様もバルトとルーサーを連れているのに、そう言えばダグラスだけひとり……と思ったら、向こうからジルドがダッシュしてくるのが見えた。

側近を置いて来ちゃったのか。

私が……デリルとふたりだけで話していたから？

「レックス、ジェマ。カミルとディアをふたりきりにするなよ」

「もちろんです」

「おまかせください」

そこでしっかり執事に指示していくところがさすがアランお兄様。ぬかりないな。

「行くぞ、ディア」

カミルが手を差し出してきたので、何も考えずにその手に手を乗せようとした時、

「ディア」

ダグラスの声がして、動きを止めた。

「そいつに決めたのか？」

いくら鈍くても、もうわかる。

そうか。そうだったのか。

男の子の中では、一番何度も顔を合わせて親しかったのに、ちっとも気付いていなかったよ。

カミルの手を取れば、それが答えになるんだね。

もっと早くに気付いていたら、もしかしたら答えは変わっていたのかもしれない。

でもダグラスは精霊を揃えなかったし、私はダグラスをやさしくて話しやすい男の子としか思えなかった。

私ね、自分でも不思議なのよ。ダグラスは男の子としか見ていない。

前世の記憶のある私にとっては、恋愛対象にするには幼い男の子。

でもカミルは、あの時から異性になったの。

「ディア？」

カミルってば、ダグラスにきついことを言って平然と私に手を差し伸べておいて、背後にいるダグラスに見えないからって、今になって不安そうな顔をしないで。

「わかりましたわ。アランお兄様、先に帰っています」

差し出されていた手にそっと手を重ねたら、カミルはぎゅっと指に力を込めながらほっと息を吐いて、私のすぐ横に歩み寄った。

「面倒だからここから転移しよう。キース、レックスとジェマを頼む」

「はい」

「ダグラス、慌ただしくてごめんなさい」

気持ちに応えられなくてごめんね。

鈍くてごめん。

そんな傷ついた顔をしたダグラスを見るのは初めてだ。

……ごめんね。

アランお兄様が残っているから大丈夫だよね？

もしかしてだけど、そんなことはないと思うけど、他にも私を好きだって男の子がいたりしたりなんかして??

それはないと思うけど、もしいたとしても……わかんねーから！

察しろなんて無理だからね！

しっかし、私の本性を知っていながら好きになるって物好きが、ふたりもいるの？

デリルは違う。

あの子は私を、優しくて穏やかで守ってあげなくちゃいけない御令嬢だと思っている。

でもダグラスとカミルは違うよね。

ダグラスなんて選り取り見取り選び放題だろう。

もっとちゃんと選びなさいよ。いい子が周りにいっぱいいるだろうが。

いかん。

申し訳なさと、自分の鈍さに対する苛立ちでダグラスに文句を言うのはおかしい。

好きだって思ってくれたのは嬉しいんだ。

嬉しいんだけど、これからどうしよう。顔を合わせにくいなあ。

「ディア？」

何もなかったように今まで通りに声をかけていいものなの？

なかったことにされて傷つく人もいれば、ほっとする人もいるよね。

ダグラスはどっち？

「ディア！」

「おわっ！　え？　なに？」

大きな声で呼ばれてはっとして周囲を見回したら、もうベリサリオに戻っていた。

いつもカミルがルフタネンと行き来する時に転移してくるところだ。

すぐ横にキースに掴まって、レックスとジェマも転移していた。

「あいつのこと考えてたのか？」

身を屈めて私のほうに身を寄せて、むすっとした顔で聞いてくる顔が可愛い。

これってやきもちだよね。

すごいな。イケメンにやきもち妬かれるって、私前世でどんな徳を積んだっけ？

薄い本を頑張って書いてた記憶しかないんですが？

「ディア、聞いているのか？」

「そうね、ダグラスのこと考えてた」

「……」

「物好きだなって」

「え？」

「よりによって私を選ぶとか、趣味が悪いなって」

「……俺も？」

「カミルはほら、まともな女の子と意思の疎通が出来ない病気なんでしょ？」

「最近は、少しは会話出来ている」

「じゃあ物好き」

「ったく」

わしゃわしゃと片手で前髪を乱暴にかきあげている間も、私の手はしっかりと握ったままだ。

逃げないのにね。

「かっこ悪いな」

「ん？」

「余裕なくてさ」

うわ。今、胸がきゅんとした。

三次元の相手にも萌えるってあるのね。

やっぱり私、知らない間に前世で徳を積んでたんじゃない？

推しが三次元に出来て、私を好きだって言って、やきもち妬くんだよ。

きっと私の同人で幸せになってくれた人がいるんだ。それが徳になったんだ。

ありがたやありがたや。

「あのー」

すぐ後ろから遠慮がちな声が聞こえてきたのではっとして振り返ると、レックスとキースとジェマがにやにやしながら並んでいた。

「お嬢、そろそろ部屋に入りませんか？」

「そ、そうね。もっと早く声をかけてよ」

「お邪魔かと思って」

くっそー。レックスの笑いを堪えた顔が憎たらしい。顔が熱いからきっと赤くなっている。

見られたくなくて顔を隠して、レックスの背中をぐいぐい押して歩き出した。

「近くの居間でいいでしょ？」

「そうですね。……って、そんなに押さないでください。危ないです」

「あちらで待っていてくださいね。部屋を用意するように伝えてきます」

身軽に駆け出したジェマが、近くのテラスからはいれる部屋の窓を中からあけてくれた。

突然私が現れたから侍女達が忙し気に動き回っているけど、いつものことなので誰も慌てたりしない。多少待たされても、私は怒ったりしないしね。

ただ暇だと勝手にふらふらしちゃうから、レックスはずっと隣で見張っていた。

自分の城だしカミル達がいるのに、勝手にどこかにいったりしないし迷子にもならないのに、その辺の信頼度は全くないのだ。

「それで？　今回は何を持ってきたの？」

案内されたのは、買い物をする時に商人達を通す部屋だった。

品物を並べやすいように大きなテーブルが部屋の中央にあって、片方には豪華なソファーが置かれ、もう片方にはそこそこ豪華な木の椅子が何脚か置かれている。

商人と辺境伯家では身分の差が大きいから、あまり高価な椅子を勧めても遠慮して座らない者もいるのよ。

でも今日は公爵のカミルだから、どこに座ってもらおうかなってちょっと悩んでたの。

そしたらカミルは私と同じソファーに座ろうとして、レックスにがしっと腕を掴まれていた。

「いつアラン様やクリス様がおいでになるかわからないのですよ？　カミル様はあちらへ」

「……わかった」

アランお兄様はまだしも、クリスお兄様は舞踏会にも参加するのにここには来ないでしょう？

……べつに隣に座りたいわけではないのよ。

ただクリスお兄様は帰ってこないだろうってだけの話よ。

三人は楽に座れるソファーの中心に腰を下ろした私と、木の椅子とは言っても細かい彫刻が施された肘掛けもついている椅子に座ったカミル。たぶん立ち上がってお互いに手を伸ばしても届かないくらいにテーブルは大きい。

カミルの横に立ったキースがテーブルの上に並べたのは、小さな布の袋と四角い陶器の箱だった。

「リーゾの一種だとは思うんですけど、もう少し粘り気があるんです。こっちのほうが腹持ちがいいという意見もあります」

キースがめいっぱい手を伸ばして置いてくれた陶器の箱を、レックスが腕を伸ばして受け取って私の前に置いてくれた。

今の説明からするともち米よね。

「おこわ？」

「またわからないことを言い出したぞ」

蓋を開けて中身を確認して思わず呟いた言葉に、すかさずカミルの突っ込みが入った。

いけないいけない。

キースやうちの執事達は、私の秘密を知らないんだった。

「食べてみてもいい？」

「もちろん」

見た目は炊き込みご飯に似ているけど、この世界に醤油はない。

香辛料の香りがする米の中に、肉が入ってるみたいだ。

これは貴族より平民向けかも。平民の食事は安くて腹にたまる物が多いのよね。労働の合間に時間をかけずに食べられるものが屋台では好まれ、店では酒のつまみになる物が好まれる傾向にある。

これはどうするつもりなんだろう。家庭料理？

今までカミル達は美味しい物しか持ってきたことがないから、スプーンで端のほうを山盛りに掬って、そのまま躊躇なくぱくっと口に入れた。

ああこれ、ちまきだ。中華ちまき。

少し香辛料が強くて、日本人だと苦手だと言う人がいるかもしれないけど、もち米独特の食感によくあっている味付けだと思う。

角煮によく似た味付けの肉はしっかりと味がしみ込んでいて、口に入れると噛まなくても消えてしまう。細かく切られた野菜も入っているのね。これは漁師や港の労働者にも好まれそうだわ。

「美味しいわ。でもこれはフェアリー商会の店で売るより、港近くで売った方が人気が出ると思うわ」

「俺もそう思う。船に乗り込む時に弁当を買う労働者は多いんだ。これを改良して弁当屋を出すのもいいかと思っている」

「だとしたら……リヴァ、私の手を洗浄浄化してくれない？」

『手だけ？』

せっかく仕事を任されたのに、手だけというのが不満らしい。

でも、その魔法の魔力は私が出すんだからね。

私はこの部屋ごと洗浄浄化しても平気だけど、洗浄と浄化の魔法を覚えて楽しくて、部屋の掃除を魔法でしてぶっ倒れたミーアってやつもいるくらい、いろんなものを一度に綺麗にしようとするには大量の魔力がいるのだ。

布を洗うのとテーブルを磨くのでは、やる作業も必要な洗剤も違うもんね。

家事ってなにげに手間がかかっているんだから、それを魔法でするにはたくさん魔力がいるのもわかる。

「このままだと、こんな大きな入れ物が必要で邪魔になるでしょ？　だからね」

私の手はまだ子供の手で小さいので、少しだけ手掴みでおこわもどきを掌に載せたら、その場にいた全員が目を丸くして驚いていた。

そりゃあ貴族令嬢が、料理をがしっと手掴みする場面はなかなか見られないだろう。

「こうしてね、両手でぎゅぎゅっと握ると小さくなるでしょ。これを二個か三個とおかずとピクルスでもつけて包めば、容器なんていらないし軽くてかさばらないわよ」

おにぎりなら任せろ。

綺麗に三角に握ったおにぎりを、カミル達にもよく見えるように掌に載せて腕を伸ばして見せた。

「ぎゅっとした分、少しお米が潰れて、それがまた美味しくなっていると思う……あっ！」

私は見本を見せるだけのつもりだったのに、片手をテーブルについて身を乗り出して腕を伸ばしたカミルが、ひょいっとおにぎりを摘まんで、そのままがぶっと齧り付いた。

「これは……いいな。食べやすい」

「あーー！　私が食べようと思ったのに！」

「え？　渡そうとしたんじゃないのか？」

見せようとしたの！

他人が握ったおにぎりを気にしない……よな。この世界では、ばい菌なんて存在は誰も知らないんだ。

「いい。自分の分も作る」

一度やってしまえば手掴みなんて気にしないもんね。

「これを弁当屋で売りに出したいな」

「どーぞ」

「そうはいかない。教えてくれたのはディアだ。それ相応の礼を考えないと」

「本当だ。これは美味い」

いつの間にかキースまで食べてるじゃん。

なに？　仲良く半分こしたの？

私が見てる時にしてよ。

「いいんじゃないか？　いずれ彼女はルフタネンに来るんだろ？　おまえが稼げば彼女の生活もよくなる」

は？

ちょ、ちょっとキースは何を当然のように言っているの⁉

「そうか。そうだな」

「待ちなさいって！　話が早すぎでしょ！」

「まだそんなこと言っているのか？」

「だって……」

「なんの話が早すぎるって？」

突然声が聞こえて驚いて振り返ったら、クリスお兄様とアランお兄様がふたり揃って窓から部屋に入ってくるところだった。しかもその後ろにスザンナまでいる。

「え？　どうやって帰ってきたの？」

「精霊省長官が送ってくれた」

おーい。いくら長官が自称私の弟子だからって、タクシー代わりに転移魔法をさせるんじゃなーい。

長官だって、元魔道士長だったエリートだよ？

たのまれたからって、ほいほい便利にご利用されてちゃ駄目じゃないか！

「スザンナ、着替えの時間は平気なの？」

「私達は会場にはいるのが最後のほうだから、まだ大丈夫。アランとダグラスが深刻な顔で話しているのを見つけちゃってね。クリスってばディアが心配で帰ってきちゃったの」

クリスお兄様！　なにをやってるんですか!!

「僕がいない間にずいぶんとうまくやっているようじゃないか？」

クリスお兄様って怒ると心が冷えるタイプよね。

私とスザンナが話している間にすたすたと部屋の奥に進んで、冷ややかな顔と声でカミルに詰め寄っている。

「お褒めにあずかり光栄だな。だけど俺が上手くやったんじゃない。ダグラスがアホなんだ」

一歩も引かずにクリスお兄様を睨みつけて、カミルが平然と答えた。

「だとしても、おまえを認めたわけじゃない」

険悪な様子で睨み合っているふたりを止めてほしくてアランお兄様を見たけど、ひとりで椅子に座っておこわもどきを食べていた。気に入ったみたいだ。

ならば私が間にはいって止めるしかないとテーブルをぐるりと回り始めた時、反対側からスザンナもクリスお兄様の下へ急いで向かっていた。

「クリス、そんな意地悪なことを言っていると、ディアに嫌われちゃうでしょ」

クリスお兄様の腕にそっと手を添えて、ささやくような小声でスザンナが言う。

「そんなことは……」

お兄様はふっと表情を緩めてスザンナを見て、次に私を見て、眉尻をさげてぼそっと呟いた。

すごーい。他の人が口を出したら、うるさいとか邪魔だとか言うよね。

スザンナだと言わないんだ。へーーーーー。

ベリサリオと皇宮と生活の場が離れていたので、スザンナとクリスお兄様が一緒にいる場面を見ることが今まではあまりなかった。

ふたりが仲良さそうな雰囲気なのは嬉しいし、クリスお兄様ってば尻に敷かれてない？

「ディア、それ何？」

ひとりだけマイペースにおこわもどきを食べていたアランお兄様が、私の手を指さした。

あー……片手におにぎりを掴んだままだった。

この状況でおにぎり鷲掴みにしているって、自分でもどうかと思うわ。

「そこにある料理を、こう、ぎゅっと握ったものです」

「ふーん」

ひょいっと私の手からおにぎりを奪って、がぶりと大きく一口。半分くらいは食べられてしまった。

「へえ。食感が変わるんだね」

「ですよねー！」

「アラン、そんなことはあとだ」

「でも美味しいよ。はい、兄上もどうぞ」

そしてまた、私は食べられないのね。

いいのよ。まだおこわもどきはあるし。

「アラン」

「じゃあ私にちょうだい」

「スザンナ！」

「だって、クリスだってカミルなら仕方ないって言っていたじゃない」

え？　そうなの？

「……ダグラスに精霊獣を育てさせて、ディアの婚約者にしようと思っていたのに、外国の精霊王まで集合してしまったせいで、状況が大きく変わってしまったからな」

「なんだと」

「クリスお兄様、その話はこの前しましたよね？」

機嫌の悪そうなカミルの声を遮って、ずかずかとクリスお兄様に近づく。

カーライル侯爵領で私に商売や領地経営をさせて、ベリサリオの影響力を増やそうって話でしょ？

貴族に生まれたからには、そういう政略結婚があるのだってわかっているよ。

でもこの間、私の幸せが一番だって言ってたもんね？

「まだその話は残っているんですか？　まさかカーライル侯爵に話してないですよね？」

「そんなことはしない。非常に不本意だけど、ディアがカミルを好きならしょうがないだろ」

「うっ……」

ちょ、そんな話を本人の前でしないでよ。

私はどんな顔をして、なんて答えればいいのよ。

「わあ、ディアが否定しない」

「スザンナー!!」

「くそう。ディアは十八まではベリサリオで暮らすからな！」

「……クリス？」

「学ぶ必要があるなら講師を城に寄越せよ。用がある時も、おまえがこっちに来るんだ。ディアが行くのは禁止だ！」

さっきまで反対されていたのに、突然ふたりの付き合い方の具体的な話をされて、カミルはきょとんとしてしまっている。まさか、クリスお兄様が認めてくれるとは思っていなかったんだろう。

私も正直なところ、ついていけていない。

だってまだ初めての感情の変化に振り回されていて、いっぱいいっぱいなのよ。

浮かれているなって思う時もあれば、この先どうすればいいんだろうって考えてしまう時もあって、まだ婚約者になるとか結婚するとかまで考えられなかった。

「嫌ならダグラスに」

「駄目だ！」

「だったら、おまえも留学する準備をするんだな。ベジャイア、シュタルク、デュシャン、リルバーン。つまりほぼ全ての隣国が、来年の冬から留学生を送ってくることになった」

ええ?! だって寮をどうするかとか、高等教育課程しか留学を認めないから私と会う機会が少ないとか、いろいろ問題があったよね？

「寮としても使うが、普段はその建物を大使館にするそうだ。皇宮近くの大使館を売り払って学園傍に越した方が、今後の予算がだいぶ少なくて済むようになるからね。ディアに学園内で会えない分、各国の定期交流会を開催するという話があがっているよ」

「で、でも、学園から皇宮までの移動はどうするんですか？ 精霊車？ まさか各寮に転送陣は用意出来ませんよね？」

「アンディが琥珀に頼んで、学園の敷地内に皆が使える転送陣をひとつ作ってもらう話になっている。駄目だった場合は、ディアに頼むしかないな」

「げーーー!!」

「その顔はやめなよ」

口端を思いっきり下げて少し口を開いて眉間にしわを寄せたら、クリスお兄様が親指と人差し指で私の頬を挟んだ。

「こんな顔をする子でもいいんだ」

「ぶはっ。ディアは本当に一緒にいて飽きないな」

「スザンナ、こいつ変だ」

「わかったからディアの顔から手を離してあげて。痛そうよ」

カミルは私の変顔なんて見慣れているわよ。

初対面から、アホなところばかり見られているんだから。

私は裏表のない正直な性格なんです！

「話がまとまりそうなところ悪いんだけど」

今まで第三者のような顔をしていたアランお兄様が、片手をあげた。

「ダグラスはまだ諦めていないかもしれないよ？　精霊獣を育てるって言っていたから」

「今更かよ」

「彼がその気になっても、カーライル侯爵が対応出来ないだろう」

外国からどんな人が来るのかはわからないけど、きっと優秀な人を送り込んでくるんだろう。

でもね、あまり心配していないのよ。

私の性格や本性がわかったら、みんながっかりすると思うの。

妖精姫のイメージが独り歩きして、優しくて繊細で思いやりのある女の子が精霊に守られて生活しているって思われているんじゃないかしら。

それに私がいれば精霊王が協力してくれて、その国の問題を一瞬で解決！　って思っているんでしょ？

そんなうまい話があるかい！

「ディア、きみは自分が可愛いってことだけは忘れないでくれよ。むしろさっきみたいな顔をみんなの前でしてほしい」

「可愛い妹に変なことをさせようとするな」

「変な虫がつくよりいいだろう」

「虫の代表者が何を言っている」

カミルとクリスお兄様って、実は気が合うんじゃないかしら。

成長期

カミルと私の仲を、家族は静観する構えになっているようだ。

反対はしないけど応援もしない。

成人するまでに他にめぼしい相手が登場しないで、カミルなら妖精姫の相手に相応しいと周囲を納得させられたら認めようという感じだ。

私がはっきりとカミルと結婚したい！　って言えば両親は応援してくれると思うのよ。

お兄様達だって、突き放しているという感じではなくて、カミルのお手並み拝見という感じの雰囲気なの。

でもカミルに時間をくれと言われているし、私からは何も言わず、今は普段通りの生活を続けている。

ルフタネンは来年には戴冠式を控え、西島の復興も本格的に進んでいるでしょ。忙しいカミルに帝国に来ている暇なんてないし、私だって学園が始まったら寮生活だ。春までは、もう会えないかもしれない。

この前までは何か月か会えなくたってなんともなくて、仕事とはいえ帝国まで来なくてはいけないのは面倒だろうな、なんて思っていたのに、今はちょっと……ほんのちょっとだけ気になる。

ときどきふっとね、どうしてるかな……なんてね。

そしてそんなことを考えている自分に気付いて恥ずかしくて、ひとりで頭を抱えたりして。

でも年頃の女の子っぽくない？

普通に恋をして結婚するっていうのが私の目標なんだから、私ってば、ちゃんと目標を達成しているのよ。

そうこうしているうちに、今年も制服を着る季節がやってきた。

一度経験しているから、準備も慣れたものよ。

少し前に採寸をして、制服は今の体型にぴったりにお直ししてあるし、荷物なんて必要な物だけ最小限にまとめすぎて、令嬢としては荷物が少なすぎるから、何か忘れているんじゃないかと心配されたわ。

この一年間で少しは背が伸びたし、それに合わせて体格だって大きくなっていた。

ただこう、鎖骨から腹まで手を滑らせた時にすとんとね、段差がなくてね……。

これって、成長速度としてはどんなものなのかしら。

お兄様達は同級生より身長が高いのよ。特にアランお兄様は。

それなのに私だけ平均より少し低い。

いや、でもまだ十一だもんね。心配することはないわよ。あと二年くらいしたらいろんなところが成長するのよ。

大丈夫大丈夫。あのお母様の娘なんだもの。ナイスバディは約束されたようなものよ。

いつも会うお友達は年上ばかりじゃない？

ブリたんなんてもう十六だから、色っぽさまで感じさせる女性らしい体型なのは当たり前よ。

スザンナやイレーネ、エルダだって十四歳よ。初等教育課程は今年で終わりよ。

モニカは私と一年しか違わないけど、ノーランドの人は体格が大きいから大人になるのも早くて当たり前。

十代の一年での変化って、残酷なくらいに大きいのよね。みんなに置いていかれているような気分になるわ。

でも私には同じ年のお友達もいるのだ！

カーラは私より少し背が高くなっていたけど、パティはだいたい同じ体格よ。

「うちの姉は成人してから成長しているの。私もそうなのよ」

「うぇぇ。うちのお兄様達は最初から大きい……」

「男の子と女の子は違うのよ。……きっと」

そ、そうよ。十八までは成長期よ。

心配するには早すぎるのよ。

それでも背が伸びなかったら、琥珀あたりにお願いしたら成長させてくれたりは……。

いや。いやいやいや、精霊王にそんなことを頼んでは駄目よ。

「ディア、何を考えているの？」

「え、何も？」

「自分ばっかりズルをしたら駄目よ」

なんだ。

やっぱりパティも気にしていたんじゃないか。

だってね、教室に行ったらしばらく会わないうちに大きくなっている子が、たくさんいたんだもん。

成長期には個人差があるのは知っているけど、少し焦ってしまうわよ。

百八十台の身長の子と百四十台の身長の子が一緒にいるのよ。

大人っぽさといえば、一年違うと内面もずいぶん成長するのね。

もう私やパティに突っかかってくる同級生なんて、誰ひとりいないわよ。

公式行事に参加する機会があったおかげで、身分の差を理解したんだろうな。

あと、男の子と女の子が一緒に行動しているのを見なくなった。

異性を意識する年頃なのもあるだろうし、特に女の子は特定の子と仲良くして噂になった場合、縁談が来なくなる危険があるから注意しているというのもあるんだろう。

スザンナやモニカに近付く男子生徒はめっきりいなくなったよ。

皇太子やベリサリオ嫡男を怒らせたら、帝国で生きていけないもんね。

去年、私が最初に開いたお茶会は、お友達を招待したお茶会だった。

皇太子とは皇太子妃候補を決めるお茶会を開く予定があったから、皇族とのお茶会を後回しに出来たんだけど、今年はそうはいかない。

開園式の日の午後、皇族とベリサリオとグッドフォロー公爵家、そしてスザンナとモニカでのお茶会が開かれた。

公爵家で学園に生徒がいるのはグッドフォロー公爵家だけだし、ベリサリオは臣下の中でも特別扱い。

当然と言えば当然の顔ぶれだけど、皇太子に重用されているのは誰かを示すことにはなっちゃうよね。

クリスお兄様とスザンナが話している姿は何度も見ていたけど、婚約が決まってから皇太子とモニカが話しているのを見たのは初めてだ。

モニカはまだ皇太子の隣にいるのに慣れていないみたいで、顔を赤らめてわたわたしている。皇太子はそれがわかっていて楽しんでいるようだ。

いやあ、初々しいねえ。

どうなることかと思ったけど、四人を幸せオーラが包んでいるようだよ。

「僕達、ここにいたら邪魔じゃないのか？」

ぼそっと言ったのはエルドレッド第二皇子だ。

テーブルに肘をついて顎を乗せるという、かなりお行儀の悪い態度なんだけど、他のメンツも脱力していて似たようなものよ。

アランお兄様なんてお菓子の皿を自分の前に引き寄せて、どれを食べるか真剣に吟味しているし、デリック様はお茶を運んできた侍女を口説いている。

皇宮で仕事をするようになって落ち着いたのかと思っていたのに、どうやら相変わらずのようだ。

「デリック、彼女は皇太子妃の侍女になる人だぞ。下手に手を出したら、兄上に殺されるぞ」

「いやだなあ。美しい女性を褒め称えるのは男の務めですよ。ねえ、ディアドラ嬢」

なんで私に振るのさ。

「デリック様は、まだ婚約者を決めないのですか？」

「おお？　僕のことが気になる？」

「お兄様、ディアにはもうカミル様がいます」

「ぶはっ!!」

ちょ、突然何を言い出すのよ、パティ！

お茶が気管にはいったじゃない！

「げほっ！　ぐえっ！」

「ほら、ハンカチ。吐いちゃ駄目だよ」

アランお兄様、もう少し言い方があるでしょう。

それに背中を叩いてくれなくていいですから。

本当に吐きそう。

「大丈夫か。令嬢が出しちゃまずい声が聞こえるぞ」

エルドレッド殿下が落ち着き払っているのがむかつく。

私のこの状況を見ても驚かないということは、皇太子に私の本性を聞いていたな。

「ごめんなさい。話しちゃいけなかった？　もう公認かと思っていたの」

「公認じゃない」

クリスお兄様、そんな遠くから突然話に加わらないで。

「ということは、この場でひとり身は僕とデリックだけか」

一瞬、室内が静けさに包まれた。

こういうの、天使が通ったって言うんだっけ？

そして、みんなの視線がアラン兄様とパティに向けられて、ふたりの顔を交互に見てしまっている。

私の話題じゃなくなったのはナイスだ。

「なんだ？　まさかおまえ達、まだはっきりさせていないのか？」

エルドレッド第二皇子殿下、今日はどうした?!

いい仕事してるよ!!　もっと言ってやって!!

アランお兄様ったら外堀を埋めたくせに、いまだにパティにコクってないのよ。

「え？　や、やだ。なんの話？」

でも、真っ赤になって話題をそらそうとしているパティはかわいそう。

ここは私がフォローを……。

「あーもう。せっかく話をする約束を取り付けて、プレゼントも買っていたのに」

アランお兄様のほうは赤くはならずに、エルドレッド殿下を横目で睨んでいる。

うちの家族全員、皇族に対する態度を考え直した方がいいんじゃないかな。

「遅いんだよ。ほら、パティが泣きそうだ。向こうで慰めてこい」

「あんたのせいだろ！」

言いながら立ち上がったアランお兄様は、パティの横に行き手を差し出した。

「え？　あの」

皇太子達にまで注目されて、パティは真っ赤になって答えを求めてきょろきょろしてしまっている。恥ずかしくて意識してしまって、アランお兄様の顔を見られないようだ。

「パティ、いってらっしゃい」

「ディア……」

「一回くらいなら、アランお兄様を殴ってもいいと思うわよ」

笑いながら言ったら、アランお兄様に頭を軽く小突かれた。

「パティ」

名前を呼ばれて、ようやく顔をあげて視線を合わせて、パティはゆっくりとアランお兄様の手を取って立ち上がった。

よろめきそうになるパティを支えるアランお兄様の顔ったら。

今までお兄様の気持ちに気付いていなかった人でも、その顔を見たらすぐに、パティを好きだと気付くと思うわ。

「エルドレッド殿下、見直しましたわ。さすがです！」

「ふん。こんなことで褒められても嬉しくない」

ふたりの背中を見送りながら言ったら、そっぽを向かれてしまった。

「パティは妹みたいなものだからな」

「僕の妹なんですけどね、アランなら……まあ……」

「おまえは自分のことを考えろよ」

これでアランお兄様とパティも、家族公認の恋人同士か。

スザンナに続いて、パティもいずれは義理のお姉様よ。最高！

寮での女子会

その後、アランお兄様とパティの間にどんなやり取りがあったのかは知らない。

でもその日以降、パティの左手首にはいつも細い鎖のブレスレットがつけられるようになった。

ゴールドの鎖に等間隔につけられたルビーは、パティの髪の色を表しているんだと思うの。その中にひとつだけ、他の石より色が濃い赤茶色をした石が交じっているのに、私はちゃんと気付いているもんね。それってアランお兄様の髪の色だよね。

十三歳の男の子がさあ、出来すぎでしょう。

パティはときどき、それはそれは嬉しそうに石にそっと触れているのよ。

空気が甘く感じるぜ。

パティと両思いだとわかったアランお兄様は、もうすっかり恋人の態度でたびたび昼食を誘いに来て、当然パティの横に座って食事をする。

互いの家も公認なんだから、ふたりっきりで食事すれば？　って言いたいところなんだけど、そこがめんどくさい貴族社会。良家の御令嬢は、たとえ相手が婚約者になると決まっている相手だろうと、成人してもいないのにふたりきりでべたべたするなんてもってのほかなのだ。

なので、必然的に私やカーラも誘われる。

ヘンリーやジュードがついてくる。

食堂で出くわせばダグラスも同じテーブルになる。

去年と同じメンバーだわ。

ただ今年は、私とカミルの仲がすっかり有名なので今なら誤解される心配がないからと、アランお兄様がいる時にはエルドレッド殿下が同じテーブルにいる機会が増えた。

「そんなに有名ですか……」

「前回のデビュタントと兄上の誕生日の両方で、堂々と一緒にいれば誰でもそう考えるだろう」

暗黙の了解ってやつですよね。

間違っちゃいないんだけども、ベリサリオからは一切何も発表していないのに、私の婚約は内定しているという空気になっているのは、お兄様達がはっきりと否定しないからだね。

「たしかにあいつは優秀なんだろうが、気に入らない。外国人のくせに兄上と仲が良くて、皇宮に来るとふたりで話し込んでいる。兄上は、なんであんな奴を気に入っているんだ？」

俺様系だと思っていた殿下は、実は大型わんこ系だった？

わだかまりがなくなって皇太子と何度も話をした結果、うちの兄貴は世界一って感じで、すっかり心酔しているみたいなんだよね。

未だに殿下を担ぎ上げて、自分達が政治の主流になろうと考えていた貴族もいたみたいなんだけど、殿下のあまりの皇太子大好きっぷりに、ドン引きして静かになっているって話もあるくらいよ。

「俺もあいつは気に入らないな」

ぼそりとダグラスが呟いたので、その場が瞬時に静まり返った。

私がビビるのはわかるんだけど、テーブルにいる他の人まで静まり返るってことは、みんな気付いていたってこと⁈

わかっていなかったの私だけ⁈

誰か教えてよ！

「俺も気に入らないけどしょうがない。あいつは貴重な存在なんだ」

アランお兄様、怖いフォローをありがとう。

ダグラスとは、どんな顔をして会えばいいんだろうと心配していたんだけど、今までと全く変わらない様子で話しかけてくれてほっとしたのに、なかったことにしているわけではないのよね。たまにぼそっとさっきみたいなことを言うので反応に困る。

それとも、もうこうやって話題に出来るくらい平気だよって言うつもりなのかな。わかんないよ。

「クリスと違って、アランは割と冷静だな。もっと騒ぐかと思っていた」

「僕は成人したら領地を離れるから、どうせディアとは会えなくなるんだ。だったら安心して任せられる相手がいた方がいいよ。早めに取り込んでおきたいから、仲良くしておかないと」

「アランお兄様……」

「さすがクリスの弟だな」

殿下、感心してないでなんか言ってくれませんかね。

アランお兄様はベリサリオの良心だと考えていた時期もあったっていうのに、実はしっかり腹黒でしたよ。

カミルが外堀を埋めていこうとしたように、アランお兄様はカミル自身を取り込もうとしているのよ。

お母様は純粋にカミルを気に入っているから、何かと世話を焼いたり心配するでしょ？　母親を知らないカミルからしたら、気恥ずかしいけど嬉しいみたいなの。

それでアランお兄様は、うちに顔を出せばこんなに楽しいよとアピールして、結婚してからもベリサリオに入り浸るようにする気でいるみたいなのよ。でも、クリスお兄様とお父様があまり協力的じゃなくて、ちっとも計画が進まないみたい。

それが私としてはありがたい。

結果として、みんな静観してくれているから。

もしかすると、そういう態度を取りつつ好きにやらせてくれているのかもしれないな、なんて思ったりもする。

「まさか、ディアにこんなに早く恋人が出来るなんてね」

「こ、恋人⁈」

「私、正直、ディアが最後かと思ってたわ」

エルダに何か失礼なことを言われた気もするけど、恋人と言われた衝撃で聞き流してしまったわ。

私が主催の最初のお茶会は、今年もいつものメンバー七人を招待して、部屋の中央に噴水のある部屋で行った。

去年はイレーネが騒動に巻き込まれて、エルトンを呼んで来たりしてバタバタしたのよね。

あれからもう一年よ。

「だって、やりたいことがいっぱいあるって、いつも忙しそうにバタバタしていたじゃない。男の子が近付く隙なんてなかったでしょ」

「ふたりの兄貴のガードがすごいからねー」

あはは、と大きく口をあけて笑うエセルも、もう侯爵令嬢よ。

領地が広がっても、あまり生活は変わらないらしい。

今は、近衛騎士団入団のための訓練が忙しくて楽しいんだって。

「クリスを、いやいやでもしょうがないと思わせるなんて、カミルはすごいわね」

「もう私の話はいいから、スザンナ、あなたも今度のチャンドラー侯爵家とのお茶会には参加してほしいの」

「いいけど、どうして？」

「ブリたん、ティアニー伯爵家嫡男との婚約が決まったのよ」

きゃあっと、みんなの明るい歓声が部屋に響く。

ティアニー伯爵領は、パウエル公爵の息子さんが治めている東の領地のお隣さん。

シルクや高級織物の産地として有名で、ティアニー伯爵家紋章入りの絹織物は、他とは一桁違う高級品よ。

ちなみにパウエル公爵は中央の領地も取り戻しているので、離れた場所に領地がふたつある状態なの。

息子さんは中央の政治より織物が好きで、東の領地に引っ込んだまま。

いずれお孫さんが中央の領地は継ぐみたい。

「ビディとティアニー伯爵家嫡男のマイルズ様は、実は幼馴染なのよ」

中央の噂はパティが一番詳しいのよね。ブリたんとも昔から交友があったみたい。

年齢差があるから、会う機会はそうは多くなかったみたいだけど。

「じゃあ、もしかしてマイルズ様は、ずっとブリたんを想っていたり?!」

エルダの目がきらーんと光った。

「そうみたいよ。両親としてもふたりを婚約させる気だったみたいなんだけど、あの状況でビディと婚約したら、世間はティアニー伯爵家もベリサリオに喧嘩を売っているって思うでしょう。だからどうしようかって話になってたみたい」

招待状がないのに他所の派閥のパーティーに潜り込んで、妖精姫にひどい態度を取ってベリサリオを怒らせたって話は、ブリたんだけでなく周囲にも影響大だったのよね。

「でもほら、ベリサリオ辺境伯とパウエル公爵は、五年前から親しくしているじゃない。その後、ナディア様とキャシー様も和解なさったでしょ。きっとディアもビディを許してくれるだろうって。マイルズ様は卒業までは婚約者を決めないでいたいって、待っていたらしいの。マイルズ様は今年卒業なのよ」

「うわあ。彼女にべた惚れだったのね。そうよね。話せば素敵な子だものね」

「エルダ、なんでメモしているの？」

もう、ブリたんたら全くそんな話していなかったじゃない。

私と和解した後に縁談がたくさん舞い込んできたって……話してて……。

「もしかしてブリたんは、マイルズ様の気持ちに気付いてなかった？」

「そうみたい」

「うわ、鈍い」

「ディアには言われたくないと思う」

「ホント」

「あなたのほうが間違いなく鈍いわよ」

「うんうん」

うっ……。なにも全員で頷かなくても。

確かに鈍かったわよ。

自分のことってわからないものなのよ。

「そこがディアのいいところよね。……じゃあ、フェアリー商会のお仕事でお会いする機会が増えそうね」

みんなに鈍いと言われて、糸目で遠くを見ていた私の肩に手を置いて、スザンナは笑いを堪えた声で言った。

いいのよ、笑っても。

でも、なんとなくちょっと、姉妹っぽい雰囲気になれているようで嬉しい。

「そうなの。それにスザンナとブリたんなら、きっと仲良くなれると思うわ。イレーネもエルダも参加するはずだから、話し相手にも困らないわよ」

「そうなのね。喜んで参加させていただくわ」

モニカとスザンナが婚約者候補になったり、ヨハネス侯爵家とベリサリオが仲違いしたりして、こうして七人で集まる機会は徐々に減ってしまっている。

それぞれとは会っているのよ。

エルダやイレーネとは、教本を作るために何度も顔を合わせていたし、スザンナはベリサリオに勉強に来ているから、以前より話をする機会が増えた。

パティとはずっとふたりでやり取りしていたし、アランお兄様の婚約相手に決まりそうだから、今後も長いお付き合いになると思う。

スザンナとパティと私。

ベリサリオも華やかになると思わない？

一方、会う機会の減った相手もいる。

エルダはブリたん達といる方が楽しいみたいで、あまりこちらの集いには参加しなくなっている。

女流作家になると本気で決意した彼女は、部屋に引き篭もって執筆作業をしていることも多いのよ。

寮ではうるさく言う人がいないから、今がチャンスと引き篭もり生活をしているわ。

エセルは訓練が忙しいし、モニカは皇宮に通わなくちゃいけない。

そしてカーラは、ようやくヨハネス侯爵家とベリサリオが表面的にとはいえ和解したのに、新しい問題に巻き込まれていた。

「カーラ。内緒でお婆様のところに行けない？　あなただけなら皇都のタウンハウスで一緒に暮らせるかもしれないわよ」

モニカとしてはさりげなく言ったつもりなんだろうけど、話題が話題だから、思わずみんなで注目してしまった。

「でも、御迷惑じゃないかしら」

カーラは今日もあまり元気がなかったのよね。最近、ひとりでいる時に暗い顔をしていることが多くて、今も肩を落としてため息をついてる。

「大丈夫よ。さすがに孫達がかわいそうだって、お婆様がおっしゃっていたもの」

「なにかあったの？」

「クラリッサ叔母様ったら、お父様が味方になってくれないのに腹を立てて、ノーランドはお爺様の代はベリサリオに負けない勢いがあったけど、今の代になったら影響力がなくなりましたわね。領主の度量が狭いんじゃありません？　なんて言ってしまったもんだから、城の貴族全員を怒らせてしまったの」

「うひゃあ」

どんなに腹を立てていても、たとえ兄妹でも、いや兄妹だからこそ言ってはいけない言葉があるでしょ。

確かにコーディ様は、見た目からして歴戦の猛者のバーソロミュー様と比べたら、細身だし、威圧感は少ないかもしれない。

でも魔力の強さはコーディ様のほうが上で、空間魔法だって操れる。

冒険者達からも慕われているし、高位貴族の中でしっかりと足場を固めているのよ。

まだ代替わりして一年なのに、先代と同じ功績をあげられるわけないじゃない。

「お父様ったら、二度とノーランドに戻ってくるなと、クラリッサ叔母様を転移魔法で飛ばしてしまったの」

うひーー。

気付いたら自分の屋敷にいたのかな。

クラリッサ様、大パニックになったんじゃない？

「そんなことがあったの?!　実は最近ずっと、お母様はかなり御機嫌が悪かったのよ。ハミルトンがお母様を置いて領地に帰ってきてしまったの」

「ハミルトン……カーラの弟だったわよね。クラリッサ様が溺愛していたって聞いたけど」

「そうなの。でも彼ももう八歳でしょ。お友達にね、いつまでも母親にべったりなのは気持ち悪いって言われたらしくて」

男の子ならではの問題だなあ。

そろそろ親にくっついているのが嫌になる時期だよね。

「ハミルトンはジュードに懐いていてね、彼にも領主の勉強をしなくちゃいけないのに、領地にいなくていいのかって言われたんですって」

「お兄様がそんなことを？　ヨハネス侯爵家のことには関わるなと言われているのに」

「モニカだって私と関わっているでしょ？　ハミルトンからしたら、ジュードは頼りになるかっこいいお兄様なのよ。相談に乗ってもらっているみたいなの」

モニカとカーラが以前のように話せているのが嬉しい。

仲のいい従姉妹だったのに、大人達のせいで関係が悪くなるのは気の毒よ。

「でも弟が領地に戻っているのなら、バーソロミュー様のところに行かなくてもいいんじゃない？」

「どうなの？　ヨハネス侯爵とはうまくいっているの？」

エルダとモニカに聞かれて、カーラはちょっと俯いて考えて、あいまいに笑って頷いた。

「ようやくベリサリオ辺境伯と和解出来て、今度の夏は避暑地として忙しくなりそうで、お父様は準備に追われているの。領地内の貴族に、どうなっているんだと聞かれていたから説明もしなくちゃいけなくて、最近はあまり会っていないの。おかげで弟と平和に過ごしているわ」

うーん。でも仲直りはしていないんだよな。

大丈夫かなあ。

「もう親のことはいいの。それより早く婚約者を探さないと。ずっと領地にはいたくないわ。ディアはもう決まっちゃったでしょ。パティ、頑張りましょう」

「あ……私は」

突然話を振られて、スザンナと話していたパティは驚いた顔で振り返った。

まさか、カーラが知らないとは思っていなかったんだろう。

「え？　もしかして決まったの?!」

「え……あの……決まったのかな？」

「決まったでしょう！」

「そのブレスレットはなんなのよ」

私とスザンナにすかさず突っ込みを入れられて、パティは赤くなった頬を押さえながらカーラに向き直った。

「ちゃんと知らせなくてごめんなさい。知っているとばかり思っていたの。私……その……アランと……」

「えーーーー!!」

叫んだのはカーラじゃなくてエセルだ。

「知らなかったよ。そうなの。おめでとう!!」

「ありがと」

「そ……そうなんだ」

カーラは呆然とした顔で、小さな声で呟いた。

「まさか、カーラもアランが⁈」

「え⁈」

カーラの様子に慌てたパティが、とんでもないことを言い出した。

やめて。人間関係を複雑にしないで。

「それはないわ」

ないんかーい。

「でも、ディアとパティは姉妹になるんでしょ？　それがちょっと羨ましくて……それに、みんな相手が決まっちゃったんだなって」

「はーい。私、来年成人だけど決まってません！」

エルダが、元気よく手をあげながら立ち上がった。

「私も！　全く縁談なし！」

続いてエセルも手をあげる。

「ふたりはやりたいことがあるんでしょう？　婚約する気ないでしょう？」

「うーん。理解者ならいいけど、そうじゃなければいらないかな」

どさりと椅子に座り、エルダは頬杖をついて目を細めた。

「好きにやらせてくれる人って、なかなかいないじゃない？」

「私にとっては、周りの男達はライバルかな」

負けず嫌いのエセルからしたら、男性の騎士に負けたくないという思いも強いんだろう。

それに、首位の貴族や騎士の仲間からも、女のくせにって冷ややかな態度を取られることも多いはずだ。

特に高位貴族の嫡男と結婚したら、屋敷の中を仕切るのは夫人だし、派閥のお茶会に出たり舞踏会に出るのだって一種の外交だ。

近衛の仕事をしながらそれは無理だもん。

エルダも引き篭もって本を書きたい！　って思っているから無理でしょう。

本来の女の役目を放棄して自分のやりたいことを優先させる令嬢を、自分の息子の嫁にと考えてくれる貴族はかなり希少なんじゃない？

「私は何もないのに相手が見つからないんだもの」

「そんなこと言って。まだ皇太子殿下のことを引きずっているんじゃないの？」

エルダの言葉に、場の空気が凍ったわ。

彼女も時を止めるスキルを持っていたのか。

「エルダ！」

子供の頃はおとなしい子だったのに、いつのまにこんな性格になったのよ。

「私もね、好きだった人がいるのよ。まったく気付いてもらえないままだったけどね」

「え⁈　誰？」

「私の知っている人？」

そして時は動き出した。

女の子は好きだよね、コイバナ。

元気のなかったカーラまで食いついている。

「ディア、結界張っている？」

「あたぼうよ」

「それはどこの言葉よ。まあいいわ。私ね、ずっとレックスが好きだったの」

は？

は⁈

「はーーーーーーー？？？？」

うわ。私やっぱり鈍いわ。

全く気付いてなかったわ。

それでフェアリー商会にこだわっていたのか。

平民になってもいいって言っていたんだ。

よかった。今日は女の子ばかりのお茶会だし、側近の子達も慣れてきたからレックスは来ていないのよ。

いたら、つい見てしまっていたかもしれない。

「レックスって、ディアの執事の？」

「たしか男爵になったのよね」

パティとスザンナは、さすがにベリサリオの内情にも詳しいよね。

そのうち、私より詳しくなったりしてね。

「でも、ディアが結婚した時についていくって言ってたでしょ。私はいけないもんね。それに最近、ネリーとレックスが急接近だし」

「なんですと？」

そりゃあ、ふたりともルフタネンに行ったたし、昼間は一緒に留守番していたし、私に一生ついていくってふたりして話していて、協力体制にはなっているみたいだけど。

「まじか」

「まだ付き合っているわけじゃないみたいだけど、少なくとも、私の出る幕はもうないわ。だからね、私は自分で自分の生きる道を探すことにしたの」

「エルダって強いのね」

「カーラ、あなただって頑張っているじゃない。自信を持って。私でよければいつでも相談に乗るわ」

「ありがとう」

ふたりの世界を作るのはいいけど、エルダに相談は要注意よ。

彼女は最近、脇目もふらずに我が道を突き進んでいるからね。

小説で結構稼いで、親に知られずに自由に使える金が出来て、皇都のアパートメントの部屋を借りて仕事場にしようとしているから。

そっちの道に引き込んでしまった私としては、責任があるから応援するけどさ。

「ところでディア。クリスタルには連絡ついたかしら。次のイラストをそろそろお願いしたいのだけど」

クリスタルって、私のペンネームね。

みんなには、うちの城で働いている女の子だって話してあるの。

「連絡はついたけど忙しそうなのよ」

「まだ挿絵だけでは生活出来ないから仕方ないわね」

「他にも誰か探したらどうかしら」

「あの繊細な線を描ける人はそうはいないわ。読者にはファンも多いのよ」

ありがとう。嬉しいよ。

この世界でも、私の絵を好きだと言ってくれる人がいて。

でも忙しくてね、なかなか時間が取れないのよ。

執事にも内緒で描いているからね。

どこで描いているかって?

………瑠璃の住居。

だって精霊王はそんなこと興味ないし、黙っててくれるし。

そこなら絶対見つからないんだもーん。

独占欲？

前期の授業が終わって城に戻ると、今年は割と自由な時間が取れた。

去年が特別だっただけで、本来デビュタントのための舞踏会は夜に開催されるので、我が家で出席するのは両親とクリスお兄様だけ。ベリサリオでも舞踏会は開催するけど、まだ成人していない私には関係のない世界だ。

私はいつものごとく、フェアリー商会のお仕事をしていた。

スイーツの新商品とオムレツの伝授。そして一番時間を割いたのが、精霊車にカートリッジ式の魔力貯蔵タンクを取り付ける実験だ。

魔力を貯蓄する魔道具は、学園の元先生のロイ・カルダーを中心に魔道具の技術者達が集まって、一年がかりで作り上げてくれたの。

カルダー先生には、もう教師ではないからロイと呼んでくれと言われているんだけど、まだ慣れないわ。

今でも領地内の主だった街道沿いには、運転手の休憩や交代の出来る場所が何カ所も作られていて、魔力が切れてしまう前に運転手が交代することによって、最速で物資が運搬されている。そこにカートリッジを複数用意しておけば、運転手は魔力切れにびくびくしながら精霊車を動かさなくてよくなるでしょ。

カートリッジを切らすわけにはいかないから、魔力を効率よく集めてカートリッジに溜めておく魔道具は、大きな街ごとに必要になってくる。

魔力をお金に出来るとなれば、バイト感覚で売りに来てくれる人はたくさんいると思うのよ。

「この位置にこう取り付ければ、荷物を積む場所を狭めないで済みます」

「試しにこれで走らせてみましょうか」

フェアリー商会の建物の隣に実験用の建物を建て、いろんなタイプの精霊車を駐車する倉庫も造ったから、どんどん商会のための区画が広がってしまっている。

カートリッジ用の魔道具が設置されているのは、実験施設の一階だ。まだ企業秘密の塊だから、外には出せないのよ。

精霊車の屋根に登って整備出来るように天井は三階分の高さがあって、見上げた感じは体育館みたい。

壁際にいろんな道具や大小さまざまな魔石のはいった棚が置かれている。

あ、あれもあるのよ。板に小さな車輪がついていて、寝転がって車体の下を覗けるやつ。

私もやってみたいのに、やめてくださいとみんなに止められてしまった。

今日は実験の協力者が全員集まっている。

ロイはもちろん、一緒に製作に携わってくれた魔道具技師の人達や、精霊車の躯体を作ってくれている職人さん達や、実際に精霊車で荷物を運んでいる運転手の人達まで来てくれた。

成功したら、今よりもずっと速く遠くに荷物が運べるようになるんだから、大事な実験よ。

「私にやらせて」

ロイが魔力を溜めたカートリッジを精霊車に取り付けてくれたので、私はうきうきと御者台に乗り込んだ。

「イフリー、カートリッジの魔力を使って精霊車を動かして」

『断る』

「え？」

『あんな質の悪い魔力はいらん。皆、ディアの魔力でなければ動かないぞ』

「えーーー!!」

成長するには主人の魔力じゃないと駄目だけど、魔法を使うだけなら他の人の魔力でも平気だって言ったじゃん！

『他の人間の精霊獣はそれでいい』

『ディアの魔力は特別強いから、他の人間の魔力じゃ代わりにならないよ』

イフリーの背中で毛繕いをしながらジンが言うと、リヴァとガイアがうんうんと頷いて同意した。

つまり私の精霊獣は私の魔力しか受け付けないってことよね。

カートリッジの実験で、全く役に立たないよー。

「主人の魔力量や魔力の強さによって、使用出来る外部魔力の質が変わってくるということですね。なるほど興味深い」

めんどくさいと思ったのは私だけみたいだ。ロイは興味津々で目を輝かせている。

「運転手が平民で、持っている精霊が一属性の者でしたら、どんな魔力でも使えるということですかね」

『自分の持つ魔力より強すぎても使えない』

「では魔力の強さを測定して、何段階かに分けて貯蔵しなければいけませんね」

『自分の精霊獣に聞いておけばよかっただろう』

イフリーに偉そうに言われて、ロイや技術者達は苦笑いだ。

精霊獣と意見交換しながら製品を作るという発想はなかったんだろうな。

「運転手は貴族の三男や四男が多いと聞いていますが」

「はい。ある程度は魔力量がないと精霊車は動かせませんので、平民は少ないですよ」

貴族に生まれても三男や四男はなかなかいい職には就けない。

親が金や権力のある貴族はなんとでもなるのよ。人脈も広いしね。

それ以外の貴族の場合、次男くらいまでなら将来どうにか貴族としてやっていける職に就けるかなあ……ってところかな。

金を持っててもさ、第三夫人までいたりして子供が十人くらいいたら、全員の面倒なんて見ないのさ。学園を卒業させたら、親の役目は終わりだというのがこの世界の常識なの。

剣や魔力が強ければ問題ないのよ。兵士か魔道士になればいい。

そこで功績をあげれば、爵位だってもらえるかもしれない。

兵士にも魔道士にもなれない人達はどうするかっていうのが、本人達にとっても領主にとっても大問題よ。

ここの領地は貴族の子供ですら仕事がないなんてことになったら、領地経営が上手くいってないんじゃないかって噂になるし、教育を受けている若い労働者が領地を出て行ってしまう。

貴族があまりに贅沢をしていたら平民の反感を買うけど、あまりに侘しい生活をしていても不安になっちゃうもんよ。

そんな彼らにとって、精霊車の運転手っていうのはありがたい就職先だったんだって。

フェアリー商会の社員で給料は安定しているし、精霊車の運転手って馬車の御者と違って魔力のある人がなるカッコいい仕事ってイメージがあるらしいの。

制服を用意したのがよかったのかな？

精霊獣と一緒に街道を浮かんで移動していく精霊車って、小さな男の子にはたまらないらしいよ。

「では平民の魔力ではだめかもしれませんね」

実験に私は参加出来ないのか。つまんないな。

そうだ。魔力を溜める方はどんな感じなんだろう。

「お嬢、あなたの魔力を使える人はいないいって話なんですよ。溜めた魔力をどうするつもりですか」

横に控えていたレックスに止められてしまった。

私、役立たずだ。

「えー、何か働きたい」

「そう言われましても。あ、ジェマが来ましたよ。お嬢に用があるんじゃないですか？」

あからさまにほっとした顔をしないでもらいたいわ。

どうせ私は邪魔者よ。

むすっとした顔で入り口から顔を覗かせているジェマに近づくと、当然レックスが後ろをついてくる。

お嬢様って、自室でしかひとりになれないのよね。

「どうしたの？」

「お客様がいらしてます」

なんだろう。

ジェマの笑顔がキモい。にやにやしている。

「来客の予定なんてあった？」

「突然やってきたんだよ。勝手なやつだ」

ジェマが自分が入る隙間だけ開けていた扉をアランお兄様が大きく開いたので、お兄様の後ろに立っている人が見えた。

「カミル？」

突然現れるのはやめてほしい。ドキンと心臓が一回、大きくはねたよ。

「両親や兄上がいないときにばかり来るのは印象が悪いぞ」

「仕方ないだろう。今は予定がぎっしり詰まっているんだ」

「だったら来るな。時間がないなら立ち話でかまわないな」

「いいよ」

「ふたりきりにはしないぞ」

「わかってるって。これを渡しに来ただけだって」

アランお兄様とカミルのやり取りを聞きながら建物の外に出た。

こちらにはアランお兄様とルーサー、ジェマとレックスがいて、カミルの傍にはキースとボブがいる。

プライバシー？　なにそれ美味しいの？　状態よ。

「やあ、ひさしぶり」

ひさしぶりに見ると、やっぱり綺麗な顔をしているのよね。

クリスお兄様のような美形っていうのとは違うんだけど、造形が綺麗だ。

このイケメンが私に惚れているとか、いまだに現実味が薄いわ。

「ルフタネンでも新年の行事があるでしょ？　こんな時期に来て平気なの？」

「平気じゃない。だから、これを渡したらすぐに帰らないといけないんだ。今年は兄上の戴冠式があるからね。これからもっと忙しくなって、きみの誕生日に来られそうにないから先に渡したくて」

カミルが差し出したのは、眼鏡ケースの横幅を少し縮めたような箱だ。

リボンをつけるどころか包装もしていないのがカミルらしい。

受け取ると軽くて、細かい彫刻のされた小さな留め金で蓋が閉じられていた。

この箱、実は手間がかかってるぞ。

「じゃあ僕はもう行くから」

蓋を開けようとした途端、慌ててカミルが声をかけてきた。

「次はもう少しゆっくり出来る時に来るよ」

「ちょっと待って。せっかく忙しい中来てくれたんだもん。これを持って行って」

私の空間魔法は日々進化しているよー。

腕時計のような形のブレスレットの宝石の中に、物を収納出来るようにしたのさ。

取り出したい物を念じると、空間にポンっと現れるのよ。

ゲームのインベントリみたいでしょ？　これをやりたいとずっと思っていたの。

ただ取り出した物は、空中に浮いていてはくれない。素早く掴むか魔法で浮かせないと落ちるし、魔力が強くないと出し入れが出来ないのが欠点だ。

「これは？」

まず、鞄も袋もないのに空中に物が現れたことでルフタネンの三人は目を丸くして、次に私が両手で抱えて差し出した物を見て訝しげな顔になった。

「冷凍庫」

「はあ?!　これが？」

この世界の冷凍庫という魔道具は、冷凍室と呼んだ方がいい代物だったの。

食品を凍らせて保管しておくための物だからそれでよかったのよ。

でもそれではジェラートの屋台は出来ない。だから小型化したわけよ。

でも小さくするのって難しいんだってさ。そりゃそうだよね。

貴族じゃないと、氷を入れた飲み物なんて飲めない。

貴族は、ジェラートが食べたい時も冷たい飲み物が飲みたい時も、命じればすぐに誰かが用意してくれる。

それで誰も持ち運びできる冷凍庫を作ろうなんて思いつかなかったんだね。

でもあれば便利でしょ？

フェアリー商会が馬車の中でもジェラートを食べられるように、持ち運び出来る冷凍庫を作った時は大評判だったの。ジェラートより冷凍庫が有名になってしまった。

帝国の貴族にはもうかなり出回っていて、他の領地や魔道省でも製作を開始しているけど、まだ他所の国には普及していないのよ。

「中に新作のジェラートが入っているの。薄いチョコをバニラの中にいれたのよ。パリパリして美味しいから、タチアナ様にも分けてあげてね」

「この箱ごともらっていいのか？」

「それがないと溶けちゃうよ？」

「そうか……ありがとう」

そんなに嬉しそうな顔をされると申し訳ないな。

まさか今日来るとは思わなかったから何も用意していなくて、私が部屋で食べようと思ってもらってきたジェラートを渡しただけだから。

「もう行かないと」

「うん。またね」

もう転移魔法で消えるのは、ここにいる全員が見慣れているので驚かない。

扉の向こうからロイや技術者がこっそり見ているけど、彼らも驚かない。

呆気なくカミルは帰ってしまった。

「なにをもらったんですか?!」

ジェマがエルダの本の大ファンで、ふたりの仲がいいのはタイプが似ているからだな。

自分がプレゼントをもらったみたいに嬉しそうだ。

「うーんと、バレッタだわ」

箱の中に入っていたのは、金の台座にシルバーとピンクゴールドで作られた桜によく似た花が横に三つ並んだ髪飾りだった。

中央の花だけが少し大きくて、紫色の宝石がついている。

「うわあ」

「え？　なんですか？　アランお兄様」

「その花、帝国にはないルフタネンの花だ」

な、なるほど。

誰が見てもカミルが贈った物だとわかっちゃうのか。

「この宝石、カラーチェンジストーンじゃありませんか？　ほら、こうやって魔力を流すと色が変わりますよ」

ジェマが魔力を流すと宝石の色が淡いグリーンに変わり、すぐにまた紫に変わった。

「もう少し濃い色だとベリサリオの色ですけど、これは……」

「たぶん」

「たぶん？」

「イースディル公爵家の色ですね」

レックスが答えた途端、ジェマがぶふっと妙な音を立てた。

「なんでそんなことを知っているのよ」

「ルフタネンに行く時に、一通りは調べましたよ。基本情報です」

そうですか。

優秀な執事をもって幸せだわ。

「すごいですね、独占欲丸出し」

「ジェマ、嬉しそうね」

「ええ、とっても」

どうすんの、これ。

そんなこと言われたら、つけられないよ。

「ディアだって負けてないだろう。まさか、冷凍庫を渡すとは思わなかったよ」

どうやらまた何かやらかしたらしい。アランお兄様に半目で睨まれてしまった。

「小さな冷凍庫が珍しいものだというのはわかっていますよ？」

「あれを見て、冷凍庫だとわかるやつはまずいない」

確かに……私専用に作ってもらったから、豪華だし性能はいいはずだ。

冷凍庫って外側も冷たくなっちゃうのよ。

それで冷気を遮断させる素材の中に入れて使うのが一般的なの。

私のは、四面それぞれに水、火、土、風を表した幾何学模様の透かし彫りがされている箱に入れてある。

私は同じ物をまだ持っているし、言えば新しく作ってもらえるけど、私以外には手にはいらないデザインの冷凍庫だ。

「それにあれ、ディアの名前が入れられてなかったか？」

「あ」

「独占欲丸出しだね」

うきゃーーーーー！　忘れてた。

自分の名前入りの物をプレゼントしてしまった!!

「で、でもアランお兄様、よくそこまで気付きましたね」

「普通気付くよ」

「もしかしてパティにあげたプレゼントにも、名前か、ベリサリオの紋章が入ってたり？」

「…………今はディアの話だし」

はいってるのかい‼

精霊王宅配便

学園期間が終わり、誕生日も過ぎ、十二歳なんてもう私も大人じゃんって本人だけが思っていた頃、私は瑠璃の住居を訪れていた。

家族の子供扱い、全く変わらないのよ。

お兄様達まで、前世の記憶があるって忘れちゃっているんじゃないの？　って思うくらいに子供扱いよ。

親にとっては、子供はいくつになっても子供だしね。

クリスお兄様はもう十七になるから、十二歳が子供に見えるのもしかたないかもしれない。

アランお兄様とは二歳しか違わないんだけど、悔しいことにお兄様達と私と、身長差が二十センチ以上あるのよ。子供に見えるんだろうなあ。

むしろ精霊王達の方が、大人扱いしてくれるわ。

今回は挿絵を描きに来たのではないので、広い居室の大きな丸いテーブルの前に全員集合した。

テーブルの上には小さな紙袋がひとつ。

テーブルを取り囲んだ精霊王達が、それをじっと眺めているから最高に居心地が悪い。

瑠璃の住居にはしょっちゅう遊びに顔を出しているし、他の精霊王が同席することだって珍しくはないというか、だいたい集まってくる。

だからこの状況は慣れてはいるんだけど、今日は少し空気が違う。

なぜか瑠璃は不機嫌そうな顔つきだし、琥珀も考え込んでいるみたいだ。

蘇芳は瑠璃をからかっているからいつも通りで、翡翠は仲間達の様子に呆れている。

そして私は、テーブルに置いた袋をそっとしまって持って帰ろうかなと思い始めていた。

「瑠璃を便利に使おうなんて思っていないのよ？　ただベリサリオ家から誰か使いをやって届けると、正式な贈り物になってしまうし、家族の誰かが行ってもまずいし、私が自分で行くのはもっとまずいでしょ？」

テーブルに置かれている袋の中身は、先日カミルにもらった髪飾りのお返しだ。

私としては新商品のチョコチップ入りジェラートと冷凍庫がお返しのつもりだったのに、お母様から待ったがかかってしまったの。

「そんな素敵なプレゼントをいただいておいて、お返しが冷凍庫?!　それも使い古し?!」

「冷凍庫は高価だし、ディアしか使えないデザインの冷凍庫なんだよ？　彼にはもったいないくらいだ」

「誕生日の贈り物にお返しなんていらないですよ。この間のお礼も兼ねているんでしょう。放っておけばいいんです」

お父様とクリスお兄様は、充分すぎる。むしろ向こうがありがたがるべきだと言っていたけど、

「あなた達はちょっと黙っていて」

お母様の冷ややかな声とまなざしに黙り込んだ。

「カミルくんはいい子だけど、周囲は男性ばかりだと言っていたわよね。こんな素敵な髪留めを選べる人が周りにいるの？」

以前は身の危険があったから女性がいなかっただけで、もう今は普通に侍女がいるから彼女達に聞いたんじゃないかな。ルフタネンに滞在していた間私のお世話をしてくれていた子達なら、私の好みもわかっているでしょう？

そうじゃなくても、カミルはお土産のルフタネン風のショールやアクセサリーを一緒に選んでくれるほど、意外なことにセンスがいい。私よりずっと。

でもバレッタを選ぶって、確かに男性の発想ではないかもしれない。

「タチアナ様に相談したんじゃないかな」

「そうよね。つまり王太子殿下もこの贈り物は承知しているということよ。それなのに妖精姫のお返しが冷凍庫？　それは駄目でしょう？」

駄目なの?!

「お返しじゃなくてもいいわ。いただいたからには、こちらからも誕生日の贈り物をしないといけないでしょう？」

そういえば、カミルの誕生日っていつだったかしらと、その夜に慌ててウィキくんで調べたよ。

その話をお友達にしたら、好きな子の誕生日を知りたいと思わないのかと呆れられたわ。

「ディア……あなた、そういうところは本当に残念だわ」

「カミルが好きなのよね？　このままだと冷凍庫が初めての誕生日プレゼントってことになるわよ」

実用的でなかなかのお返しだと思っていたから、念のために将来のお義姉様であるスザンナとパティが遊びに来た時に意見を聞いてみたら、ふたりともお母様と同じ反応だった。

そうか。駄目か。

「ヒロインが彼氏に冷凍庫を送る恋愛小説なんてありえないって考えれば、自分がおかしいってわかるでしょ」

エルダにまであほかって顔で言われてちょっとむっとして、ならば誰もが納得するプレゼントを贈ろうじゃないかと考えたわけよ。

でもこれが大変。

私のセンスはあてにならないから、お母様に相談してデザイナーを選んで話をして、いい石がなかったから探してもらって、完成品になるまで二か月よ。

出来上がっても渡すのがまた大変なの。

個人的にプレゼントを贈り合うのはお友達同士でもするでしょ？

カミルが帝国に来たついでに、誕生日プレゼントだよって渡してくれたのは個人的なやり取りになって、とってもいい方法だったのよ。

でも私がルフタネンに用事もないのに行って手渡したら、世間が大騒ぎよ。

妖精姫が男に贈り物をするために外国に行ったって。

ベリサリオから使者を出すのも、向こうの出方次第ではまずいことになるって、お父様は嫌がっている。

ベリサリオがわざわざ誕生日に使者を送ってくれましたよなんて言われたら、向こうで私とカミルの縁組は決定したものと扱われる危険があるからね。

王太子やカミルの周囲が乗り気だから、うちの男性陣は警戒度マックスなのよ。

他に相手がいないし仕方ないって言ってたくせに、いざとなるとまだ早い病が出てくるんだから。

「僕がルフタネンに行くまでには渡しておいてくれよ」

「あ、クリスお兄様に届けてもらえばいいんでは？」

「贈り物が特別すぎるんだよ。なんでそんな特別な物を作っちゃったの。それだけの贈り物を辺境伯家公認で、しかも僕が届けたとなると、やはり婚約かと大騒ぎになるよ」

「家族みんなの分を作りましたよ。クリスお兄様にもプレゼントしたじゃないですか」

「世界中でベリサリオ家しか持っていない物を、カミルにだけ上げるっていうことが大きな意味を持つんだよ」

もうさ、フェアリー商会の荷物と一緒に送っちゃおうかとも思ったのだけど、紛失したらさすがにやばいでしょ。高価な物だから。

それで申し訳ないとは思ったんだけど、精霊王宅配便をお願いするしかなかったの。瑠璃からモアナ経由カミル行きで。

まさか瑠璃がこんな嫌そうな顔をするとは思わなかったなあ。

「うーん。しょうがない。違う方法を考え……」

『駄目とは言っていない』

えー、そんな仏頂面しているのに？

『ディアは、カミルが好きなのか？』

「へ？」

『カミルに決めたのか？』

「はあ?!」

な、なんでこんな時にそんな話になるの？

精霊王勢揃いで注目されているのに？

『それは、いずれはルフタネンに行ってしまうということだ。我々とは会えなくなるのではないか？』

『そうよね。せっかく帝国がいい方向に進んでいるのに。他所の国に行ってしまうの？』

「なんでさ！」

琥珀まで何を言っているの？　思わずテーブルに手を突いて立ち上がってしまったわよ。

「私の後ろ盾になってくれているのはあなた達なんだもん。どこに行こうと、今までと何も変わらないわよ。ルフタネンの精霊王が瑠璃達に会っちゃ駄目だなんて言ったら、ぶっ飛ばしモノよ。あなた達四人は、私にとっては特別な精霊王なの。家族みたいに大事なの！」

腰に手を当てて胸を張って言い切ったら、驚いて私の顔を見上げていた瑠璃の表情がぱあっと明るくなった。隣では琥珀もほっとした顔になっている。

『だから言っただろ？　ディアはそんな冷たいやつじゃないってさ。こいつらずっと、ディアガルフタネンに行ってしまうって落ち込んでいたんだぜ』

行くとしても十八になってからだし、そもそも具体的な話なんて何もないのよ。

もう何か月もカミルに会えていないしね。

結婚とか婚約より前に、本当に好きだって言われたのかさえあやふやになってきたわよ。

私の勘違いじゃないかなって思ってしまう時もあるくらい。

ただ、あの髪留めがあるから。

ちゃんと両思いのはずなんだよなーって、暗くはならないでいられるけどさ。

『結婚してもベリサリオに帰ってくるのか？』

「当然。転移魔法があるんだから、いつだって帰れるでしょ？」

『そうか。では、ここにもいつでも来られるように、ディアの部屋を広くするか？　カミルも使う……』

「やめて！」

なんちゅー恐ろしいことを言うの？

作業場は人間立ち入り禁止よ。見たら呪うわよ。

「あそこは私だけしか入っちゃ駄目なの。ひとりっきりの時間だって必要なのよ。お願い。そのままにして」

『ディアがその方がいいならもちろん』

「そのほうがいい！　あ、でも置いておきたい荷物があるから、もう少しだけ広くしてもらってもいい？」

『ソファーとテーブルも置かないか？　ひと休みしながら一緒にお茶を飲んだり、ディアが絵を描きながら話せるようにしたい』

瑠璃は絵の内容にまでは興味がないのよね。上手いと褒めてくれるけど。

それに雑談しながら作業するのも気分転換にはなるだろう。

「そうね、休むのも大事だし、お願いするわ」

『俺もたまには顔を出したい』

『私も』

私が絵を描いている時に、背後で精霊王達がお茶している光景ってどうなんだろう。

でも機嫌を直してくれているようだし、まあいいか。

「あ、もしかして、いずれ結婚して子供が出来たら、私が絵を描いている時に子供と遊んでくれる？」

『いいの⁈　素敵‼』

やっぱり。琥珀先生は喜んでくれると思ったよ。

『悪くないな』

『そうか。次の世代とも親しくする機会は欲しいな。皇族の子供とも触れ合う機会は必要なのではないか？　人間は少し時間があくと、すぐに忘れてしまう』

『そうね。アンディに話してみるわ』

少しって、たぶん百年単位の時間よね。

彼らにとっては、私が十八になって結婚するのなんて、すぐ先の未来なんだろうな。

『あなた達、それでこれはどうするの？』

今まで会話にはいってこなかった翡翠は、プレゼントの中身が気になっていたらしい。

ひょいっと紙袋を持ち上げて、上から中を覗き込んだ。

『これってアクセサリー？』

「バングルなの。私のこれと同じように、物を収納出来るようにしたのよ」

自分の腕についているブレスレットを見せたら、翡翠の目が楽しそうに細められた。

『もしかしておそろい？』

「デザインは全く違うわよ。そっちの宝石はブラックダイヤモンドで、民族衣装を着ている時でもおかしくないシンプルなデザインなの」

『見たい！』

本当にシンプルなのよ。白金にゴールドのラインが入っていて、宝石が一個付いているだけなの。

わざわざ見るほどでもないんじゃないかな。

『でも、妖精姫の贈り物が、ただのアクセサリーというのはどうなんだ？』

『あなた、たまにいいことを言うわね』

蘇芳も翡翠も私の話をちゃんと聞いてる？
空間魔法と転移魔法を応用した収納付きのバングルだよ？
国宝物だってクリスお兄様が言っていたよ？
『カミルはおまえの婚約者候補として有名になっているそうだな？』
「……うん。公式行事に一緒にいたからね」
『では、命を狙われる危険もあるのではないか？』
もしかしたらと思ってはいたけど、やっぱりそうか。
特に海峡の向こうの三国、ベジャイア、シュタルク、ペンデルスは危険だよね。
『ならば我の祝福を込めよう。きっとカミルを守るだろう』
「え？　瑠璃の？　それはどうなの？　ルフタネンの精霊王に悪くない？」
『我がディアのために動くのに何の遠慮がいるのだ』
ま、まあね。
『わかった。これは預かろう。モアナからカミルに渡せばいいのだな』
紙袋を翡翠から受け取り、瑠璃はにっこりと微笑んだ。

国宝級？　神話級？

カートリッジを取り付けた精霊車の、実装試験が開始された。

カートリッジ内の魔力の減り方を計測したり、精霊獣が嫌がらないのは、主の魔力とどのくらいまでの違いなら大丈夫かを確認しながら、一部の区間で実際に荷物を積んで試験運用しているの。

チョコレートも品質がどんどん良くなってきて、いろんな種類が作れるようになってきた。

今はすべて手作りで、一個一個お客様に選んでもらうショコラティエ方式だけど、もっと安く手軽に食べられるチョコレートも作りたい。

まだまだ夢が広がるわよ。

初夏になり、クリスお兄様は皇太子と一緒に戴冠式に出席するためにルフタネンに向かった。

あの王太子が国王になり、タチアナ様が王妃になって、これでルフタネンはようやく、長い混乱の時代に終止符を打つことが出来るだろう。

帝国だって、皇太子と第二皇子の仲が修復されてから、どんどんいい方向に進んでいるのよ。

次のデビュタントでスザンナとイレーネは成人するから、正式に婚約して結婚の準備が進められる。

そして来年はもう、クリスお兄様と皇太子は学園卒業。その半年後には皇太子の戴冠式が行われるのよ。お祝い事が盛りだくさん！

「そういえば、殿下はどうなんですか？」

モニカのお妃教育は、皇太子がいなくても当然お休みにはならないので、今日はパティと一緒に皇宮に会いに来ているの。

アランお兄様も近衛騎士団に顔を出していたので誘ったら、なぜか第二皇子まで連れて来ちゃったのさ。別にいいんだけどね。

「どうって何がだ？」

「縁談」

「ちょっとディア」

「殿方は、女性よりゆっくり決めるものなのよ」

モニカとパティが慌ててフォローするけど、この元俺様殿下、現在大型犬殿下はそんな慎重に扱うような性格じゃないだろう。

「さっさと決めている男もいるけどな」

「ですよねー」

殿下と私、ふたりの注目を浴びても、アランお兄様は知らん顔してお茶を飲んでいる。でも、その隣で赤くなっているパティがちょっと気の毒なので、この話題を続けるのはやめよう。

「縁談の話ならあるぞ。成人していないから表立って正式に決定は出来ないが、たぶん、パウエルかコルケットの孫と結婚することになるんじゃないか？」

パウエル公爵の孫もコルケット辺境伯の孫も、私より二歳年下で今年十歳。

この冬から学園に入学よ。

やっぱり皇族は政略結婚になっちゃうんだな。

特に今は、エーフェニア様の恋愛結婚がよくない結果になったせいで、皇族が恋愛結婚したいなんて言い出せない雰囲気になっている。

「意外ですね。近隣諸国と縁組するのかと思ってました」

「そういう話も出ている。秋に兄上と合同の誕生日祝いを、今年は近隣諸国も招いて行うだろう？ 学園に留学する予定の者達も招待しているので、その中に縁組の話が出ている令嬢や姫も来るはずだ」

皇太子と殿下の誕生日って近いのよ。ふたりとも秋生まれなの。

殿下は自分の誕生日会に大事件が起こったのがトラウマで、あれ以来、あまり大きな祝い事をしてこなかった。

今年は皇太子と合同にしたおかげで、殿下もようやく承知したから、諸外国も招待して派手にお祝いすることになったんだって。

今までは、あの大事件があったことと皇太子が幼いこと、皇位継承で国内が荒れないようにするためという理由で、外交より内政に力を入れてきた帝国だけど、ここ何年かで少しずつ外交政策に振り分ける余力が出来ていたから、例の教本を各国に送るのをきっかけにして、貿易や外交に本格的に力を入れているの。

「外国のやつらの本当の目的は、妖精姫をどう取り込むかだと思うけどな」

「まあ、私を取り込もうなんて勇気ある方達ですよね」

「本当にな」

そこは笑い飛ばしてよ。納得しないでよ。

でも外国からは、帝国内の様子が気になってしょうがないだろうね。

「ここ何年も、公式行事に一部の外交官しか招待していなかったからな、今回は王族や大貴族の関係者がぞろぞろやってくるぞ」

「大変ですね」

「他人事のように言うな」

殿下に叱られる日がくるとは。

成長したねえ。お姉ちゃんは嬉しいよ。

いや、おばちゃんか。

最近、元の年齢の雰囲気がよくわからなくなってきた。

前世の年齢プラス今回の年齢ではなくて、前世の年齢と並行して今回の年齢がある感じなのよ。

十歳くらいまでは、もう少し子供らしくしないと周囲に気持ち悪がられるかなって、少しは演技していたつもりなのよ。あまり子供らしくなかったけど。

でも今はもう、子供らしくなんて意識しないで行動しても誰も気にしなくなって、むしろ行動の一部分を取って、そういうところはやっぱり子供だねってお子様扱いされることが増えてきたの。

家族も過保護だし。

十代の子供の変化って、ものすごいじゃない？

スザンナやイレーネ、ブリたん達はもうすっかり女性らしい体つきになっちゃって、どんどん綺麗になっている。

男の子達だってすごいよ。囲まれたら壁だよ。

声が低くなって、体がごつくなって、背が伸びて。

変化していく年上の子達と自分を比べて、うわ、私ってば子供だって思ってしまう感覚。たぶん普通の十二歳と変わらないよね。

「夜会や舞踏会には出られませんから、一回顔を見せれば大丈夫じゃないですか？」

「ディア目当ての人がたくさん来るのに？　気を付けないとベリサリオまで押しかけてくるわよ」

モニカとはひとつしか変わらないのに、元々体が大きかったからか、最近けしからんプロポーションになっている。皇太子と並ぶとド派手なカップルよ。

パティだけが心の支えよ。同じ年の友達は重要よ。

カーラはね、夏のこの時期は領地にたくさんお客様が来るから忙しくて、誘ったけど来られなかった。

うちも避暑地だったはずなんだけど、最近他での稼ぎが多くなってどうでもよくなっているからね。

呼ばなくても客が来るし。

両親が領地にいるから大丈夫よ。

「失礼します。お客様がおいでだそうです」

「客？」

扉が開いて顔を出した護衛の人と会話をした侍女が、遠慮がちに声をかけてきた。

「誰だ？」

「それが……」

「時間がないって言っているだろう」

バンっと扉を開けて部屋に押し入ってきたのはクリスお兄様だ。

ルフタネンに行って外交している途中で抜け出てきたのかな。正装できっちり決めている。

「すぐに戻らないといけないんだ。邪魔するよ」

皇族がいるっていうのに、なんの遠慮もないな。

「カミル。さっさと来い」

「いいのか、本当に」

「カミル?!」

お兄様がカミルを連れてくるなんて、どういう風の吹きまわし？

それにここ、皇宮だよ？

外国の公爵を、突然連れて来ちゃっていいの？

いつもの民族衣装に黒髪黒目だから、誰もが外国人だってわかるのに、堂々の不法侵入なんじゃないの？

「ディア。またやったな」

「ええ?! 何をですか？」

「ディア……これ、すごく嬉しいんだけど」

カミルの左手には、私がプレゼントしたバングルがしっかりとつけられていた。

恥ずかしいから、みんながいる前でお披露目するのはやめてもらえませんかね。

「え？　あれがディアのプレゼント？」

「まあ、素敵」

ううう……お友達の瞳が輝いているじゃないか。

あとで絶対にからかわれる。

「こんな神話級の物をもらっていいのかな」

神話級？

なんだそのパワーワードは。

「クリスお兄様に国宝級とは言われたけど、家族みんなに似たような物を作ったし、私も愛用しているし、問題ないんでは？」

「そのブレスレットは確か、空間魔法が使われているんだったな」

殿下に言われて頷いた。

皇太子にも羨ましがられたのよね。

でも皇族兄弟は微妙に魔力が足りないの。全属性の精霊獣を育てられていないでしょ？

彼らでも、空間魔法を使ってたくさん物を入れられるようにしたバッグや袋なら使えるんだけど、取り出し口より大きい物は出し入れ出来ないの。そういう無茶なことは転移魔法を併用しないと出来なくて、使用するたびに多くの魔力がいるのよ。

「問題はそこじゃない。瑠璃様のところに持って行った時に何かしただろう」

すぐ横まで近づいてきたクリスお兄様の顔が怖い。カミルも真剣な表情だ。

これは笑いごとじゃなさそうね。

「瑠璃が、妖精姫の贈り物がただのアクセサリーなのはどうなんだって言い出してはいたけど」

「どこがただのアクセサリーなんだよ」

すごいな。殿下が突っ込み役になっているよ。

私もそう思うけども、相手は精霊王だから。空間魔法なんて珍しくもなんともないわけで。

「これ、僕のと石の光り方が違うよ」

アランお兄様は興味津々で、テーブルに乗り上げそうな体勢でバングルを見ている。

「妖精姫の贈り物として恥ずかしくないように、瑠璃が祝福してくれるって」

「そんな甘い物じゃないんだ。全属性の精霊王の魔力が少しずつ注がれているんだ」

「え？」

「どんな機能がついているのかまだよくわからないけど、やばいのは間違いない」

「全属性？　瑠璃達全員が祝福したってこと?!」

「それもかなり本気で」

うへ、なんでそんなことしたんだろう。対抗意識を出したとか？

私の後ろ盾は自分達だぞって。

「これ、もらって平気なのか？　すごい魔力を感じるんだけど」

「むしろもらわないと、瑠璃達の祝福を拒否したことになるんじゃないかな？」

カミルが頭を抱えてしまった。

クリスお兄様も疲れた顔で遠くを見つめている。

帰ってこーい。明日には戴冠式があるんだぞー。

「どうすんだ、これ」

「どんな機能があるのかわからないのは困るわね。あ、そうだ。魔力をちょっと注いでみたら？」

魔道具なら、それで動くもんね。

「……なるほど」

カミルが左手を持ち上げてバングルに右手を添え、少しだけ魔力を流すと虹色の光がふわりと浮かび上がった。

「うわ、瑠璃が祝福するとそんなふうになるの？」

光は徐々に大きくなり、突然ふっと消えた。

同時にバングルも消え、代わりに頭にバングルとそっくりな額冠を着けた白いモフモフが現れた。

小型化した状態だとしてもかなり小さい。手のひらサイズだ。

キツネの顔を犬に近づけたような可愛い顔で、耳が顔と同じくらいに大きい。

私、この動物を知っているわ。

前世のＳＮＳで、変わった動物の写真ばかり流すアカウントがあって、モフモフ好きの私はフォローしていたから。

このモフモフはフェネックだ。しかもこの見た目は赤ちゃんフェネックだ。

やばい。どえりゃあ可愛い。

いやいやいや。私の精霊獣のほうが可愛いし！　浮気なんてしないもんね！

『ディア！』

私の葛藤なんて知りもせず、黒いつぶらな瞳がきょろきょろと周囲を見回し、私を見つけて飛びついてきた。

「おい。新しい精霊獣が出てきたぞ」

「しかもあれ、全属性持ちの精霊獣なんじゃ……」

クリスお兄様とカミルが力のない声で話し合っていて、お友達や殿下は、私が掌に乗せた小動物に見入ってしまっていた。

『ディア！　会えて嬉しー』

背後から非常に殺気立った気配を漂わせつつも、私の精霊獣達は身を低くしてじっとしているから、このモフモフのほうが強いか、精霊獣に位があるのなら偉いのかもしれない。

でも機嫌が悪いのは確実なので、あとで瑠璃の湖に行って遊ばないと駄目かも。

『僕ね、カミルを守って見張るようにって精霊王様に言われているの。名前はシロ』

安易な名前だな。瑠璃のネーミングセンスを疑うわ。

それに、守るのはわかるんだけど、見張るって何さ。

「カミルにはもう全属性分の精霊獣がいるのよ？　それにあなた普通の精霊獣と違うわよね？」

『そだよー。僕は精霊王に仕える精霊獣だもん。しばらくの間だけ、カミルを守って見張るように
って言われたんだよー』

うん。守るのと見張るのはわかった。

瑠璃達が、またやばいことをしでかしてくれたのもわかった。

「おまえは何が出来るんだ？」

クリスお兄様に聞かれて、シロはお兄様の顔をじーっと見上げてから、何も答えずに私の顔を見た。

「クリスお兄様よ」

『あ、知ってるー。クリスかあ。僕はね、敵意のある人をカミルに近付けないようにするよ。あと
ね、このバングルになんでも入れてあげるよ。船くらいならはいるよ』

「ディア……なんてものを作ってくれたんだ」

あああ、殿下まで頭を抱えてしまった。

「でもあれですよ。生きている物は入れられないですよ」

『そうそう』

カミルを守るはずなのに、私に懐いちゃってるな。

瑠璃達は、どういう思惑でこの子を寄越したんだろう。

「やれることはそれだけ？」

『それとね、ディアが困っている時や危ない時は、カミルに知らせるー』

私の掌の上から浮かび上がり、見えない床に座った体勢で私とカミルの間をふわふわと浮きながら、シロは得意げに胸を張った。

「おお、それはいい」

カミルが嬉しそうな声で言ったのが気に入らなかったのか、焼きもちを妬いているのか、精霊型でふよふよ浮いていたカミルの精霊獣達が、とすとすとカミルの背中に体当たりを始めた。

カミルは平気な顔をしているから痛くはないらしい。

『いいでしょー。それでね、カミルが浮気したらディアに教えるー』

「それはいいいな」

今度はアランお兄様が楽しそうに頷いた。

「浮気なんてしない」

「なら問題ないだろ」

あなた達、ここは皇宮ですよ。殿下の前ですよ。

殿下や友達も気になるけど、護衛や皇宮付きの侍女の人達の視線も気になるよ。

変な噂が広がったらどうすんのさ。

「アラン、問題はそこじゃない」

わなわなと拳を握り締めて俯いていたクリスお兄様が、がばっと顔をあげ、

「カミルの手に渡るとわかっている物に、帝国の全属性の精霊王が祝福したんだぞ。つまり彼らはこの男をディアの相手として認めたということだ」

一気にまくしたてながらカミルの顔を指さした。

「……そうか。それは助かる」

カミルのほうは、しみじみとした声で呟いてから笑顔になった。

「ディア、ありがとう。とても素敵なプレゼントだ」

「え？　公認？　そ、そんな話になるの？」

子供が出来たらとか、瑠璃もゆっくり出来るソファーセットを部屋に置くとか、余計な話をしたせいか！

すっかりその気になっちゃったのか！

「ともかく、なぜこんなシロモノが出来上がったのかはわかった。至急、父上に報告しなくては。戻るぞ、カミル。詳しいことはそこのシロに聞けばいいんだろう」

「わかった」

クリスお兄様が部屋を出ようと歩き出したので、カミルも帰るんだろうなと思って見送ろうとしたのに、彼は扉のほうに向かわずに私のほうに近づいてきた。

「？」

「次に会えるのは秋になりそうだ」

「そ……うなんだ」

秋の皇族兄弟のお祝いに参加するのか。

またしばらく帝国にいるのかな？　なんて、ぼんやりと考えているうちに、カミルは私の手を取

り身を屈めて、手の甲に唇を押し付けた。

「……」

あまりに驚いて息を吸い込んでしまって、声も出ない。

流れるような動きで一連の動作が行われたから、手を取られても違和感がなかったわよ。

「あれ？　いつもみたいに騒ぐかと思ったのに」

唇を私の手に触れさせたままでしゃべるな！

なんだそのいたずらが成功したみたいな得意げな顔は！

目がキラキラして可愛いじゃないか！

イケメン限定の特殊エフェクトがかかっているように見えるのは、とうとう私の頭がいかれたせい？

「こ、このくらい……騒ぐことじゃ……」

「ほー」

「カーミールー!!」

クリスお兄様がカミルの腕を掴んで私から引きはがし、アランお兄様が背後から私を抱えながらカミルを睨みつけた。

なんなんだ、この状況。

「どうでもいいが、おまえら、僕の存在を忘れていないか？」

お行儀悪くテーブルに頬杖を突いた殿下は、呆れた顔で私達を見上げていた。

その場にいた全員がはっとして、睨み合っていたのは即中断。全員、殿下に注目した。

「いえいえ、とんでもございません。お騒がせして申し訳ありませんでした」

クリスお兄様の丁寧な口調が白々しい。

「ご無沙汰しております、殿下」

カミルの場合、ここに存在しちゃまずい立場だということを思い出そうよ。

『この子、えらいのー？　ねえねえ、えら……』

殿下の目の前をふよふよ飛んでいたシロをガシッと捕まえ、カミルに押し付ける。フリーダムすぎるだろう。

「もういい。僕は何も見ていない。さっさと行け」

いやそこは怒っていいですよ。そんな大人の対応をしてくれてありがたいけど、本当は皇宮に直接転移してくるのは禁止だからね。精霊王と自称私の弟子の前魔道士長とで、転移したら地下牢に出てしまうようにしたはずなの。

でも、無事にここにいるってことは、皇太子が特別に許可を出したか、シロが特別な力を持っているか……両方の気がする。

その辺も考慮したうえで、今回は特別に目を瞑ってくれるって言うんでしょ？

クリスお兄様は感謝しなきゃダメよ。

「エルドレッド殿下。こんなにご立派になられて、ばあやは嬉しい」

「年下のばあやがいてたまるか」

「それに比べて、うちの兄達は。本当に申し訳ありません。シロ、ルフタネンに行ったら皇太子殿下に、ちゃんとクリスお兄様を止めてください。エルドレッド第二皇子殿下のおかげで助かりましたけどまずいですよと伝えてね」

『おーーー。オシゴト？』

カミルに捕まえられたまま、シロは大きな耳を揺らして嬉しそうな声をあげた。

『まかせてー。僕オシゴトするよー。皇太子殿下っていう人に伝達だねー』

不安だ。

なぜかとっても不安だ。

「いいから早く行くぞ。それを忘れるなよ」

『ソレって僕ー？　僕はシロだよー。クリス覚えて』

「わかったわかった」

「ではまた」

本当にもう時間がなかったらしく、ふたりはその場で転移した。

さっきまであんなに賑やかだったのに、一瞬で部屋が静まり返ってしまったわ。

「おまえも苦労しているんだな」

殿下にしみじみと言われてしまった。

それにしても、カミルだって全属性の精霊獣を持っているのに、シロを預ける必要なんてあるのかな。

ルフタネンの精霊王達だって、あまりいい気分じゃないんじゃない？

近いうちに、瑠璃に聞いてみないと。

国際デビューは波乱の幕開け

皇族兄弟の誕生日祝いの三日前、私は皇宮の来賓用の廊下をお兄様達と歩きながら、高い天井を見上げていた。

さっすが外国からのお客様を迎えるスペースだ。重厚で豪華な造りになっていて、帝国ってすげえんだぞと威圧感満載よ。

高い位置にある窓にはステンドグラスが使われていて、廊下に色とりどりの光が射し込んでいてとっても綺麗。

「ディア、口を閉じて」

「はっ！　いけない」

豪華な物にはすっかり慣れているつもりだったけど、光を使った演出が素敵なんだもん。

出来ればお兄様達がこの廊下を歩く様子を、少し離れた場所から眺めさせてほしいわ。絵にしたら欲しがるお嬢様がうじゃうじゃいるわよ。

「今日は無理におとなしくしなくていい。むしろ、下手に近付いたらやばいやつだと思わせてやれ」

「やばいやつって、どうすればいいんですか？」

「……普段通りに」

そっと視線を逸らすのはやめてくれませんかね、クリスお兄様。

アランお兄様もにやにやしない！

今日は留学してくる子達と帝国の学生代表の、初めての顔合わせが行われるのよ。

帝国側で参加しているのはほとんどが高等教育課程の生徒達だけど、侯爵以上は学園に通っている生徒全員参加なんだって。

誕生日当日は夜会が開かれ、特別にその日だけは、成人していないエルドレッド殿下も参加することになっているの。

次の日からは、食事会や各国個別のお茶会という名の会議のスケジュールがびっしりよ。

私は成人していないお子様なんで、政治の場に顔を出す必要はないし夜会も出ない。でも、大人達が暗躍する前に、今年の冬から学園に留学する子達が帝国にやって来ているから、そこには顔を出さなくちゃいけないのだ。

留学する子達は、学園が始まる前に寮に必要な物が揃っているかチェックしたり、制服を実際に着てみて必要ならお直ししたり、授業に問題なく参加出来る語学力があるかテストを受けなくちゃいけないんだって。精霊の育て方を学びに来る人は、一属性以上の精霊がいなくちゃいけないから、その確認もある。まあ当然よね。

今、学園の寮が並ぶ一角には、次々と異国情緒たっぷりな建物が完成して、万国博覧会でも始めるみたいな雰囲気になっているらしい。ちょっと見学するのが楽しみだわ。

「なんで皇族が、こっちの扉から入場するんですか」

謁見の間に続く扉の前で少し待たされたからどうしたのかと思ったら、皇族兄弟とモニカが合流した。他の人達はもう入場が済んで待機しているらしい。

「ベリサリオと打ち合わせしていたから、この入口の方が近かったんだよ」

「打ち合せしていたんですか。我々は」

「そうだよ」

あいかわらず皇太子とクリスお兄様の話している様子は、仲がいいんだか悪いんだかわかりにくい。それを真に受けて、クリスお兄様に皇太子の悪口を言いに来る馬鹿な貴族がいて、痛い目にあっているのよね。

「ディア、よかった。知っている顔に会えて。外国からのお客様に会うなんて初めてで緊張していたの」

最近モニカは、会うたびに綺麗になっている気がする。

また少し背が伸びて、成人している女性の中でも長身と言われるくらいの身長になっている。

体型がけしからんのは前からだけど、蘇芳に会うためにあの草原を何往復もしているような子だから、必要な筋肉はちゃんとついているの。剣精がいるってことは、戦闘訓練も受けたってことだしね。

いざという時に皇太子を守れる皇妃って格好よくない？

それにモニカは、アマゾネス系のけしからん体型なのに、顔は年相応に幼いから、そのギャップがいいみたいで、最近男性からの人気が急上昇なのよ。

そりゃ皇太子も心配して、皇族しか使えないロイヤルブルーのドレスを贈っちゃうわ。

「大丈夫。にっこり笑顔で会釈すればいいのよ」

私はほら、見た目だけは儚げ美少女だから。

大人が着るとぶりっ子になりかねない、背中に大きなリボンのついた白いレースが可愛いスペアミントのドレス姿よ。

「もっと目立たない服はなかったのか」

「こんな可愛いディアが目立たないなんてあり得ないだろう」

「……クリスに聞いたのが間違いだった。アラン?」

「いっそ目立って、下手に近付いたらやばいと思わせよう作戦です」

「誰か止めろよ」

ベリサリオに止める人がいるわけがないじゃない。やれやれドンドンよ。

どっちにしろベジャイアとシュタルクの人間が来るんだから、問題が起きないわけがない。

「大丈夫ですわ、アンディお兄様。要は私と結婚しようなんていう輩がいなくなればいいのですから」

「ちっとも大丈夫じゃないし、突然すっかり忘れていた呼び方をするな」

「えー、私のお兄様になってくださるって……」

「いつそんな話になったんですか?」

「まあ、エルドレッド殿下はご存じない？」

「じゃあ、私はディアのお姉様になるの？」

「そうか。そうしたら僕も兄になるのか」

なんでやねん。

兄や姉ばかり増えまくるじゃないか。

いつまでも末っ子は嫌だ。

「あのー、そろそろ入場していただいてもよろしいでしょうか」

「ああ、忘れてた」

大勢待たせているんだったわ。

こんなところで、立ち話をしている場合じゃなかった。

「うへ。瑠璃と蘇芳の像がある」

大きくて分厚い両開きの扉が、すーっと音もなく開かれる。

謁見の間ってどれも似たような雰囲気だけど、ここは床も壁も黒が基調で、金や銀の装飾が入っているせいで、部屋全体が重々しい雰囲気だ。

こんな部屋を使うから、帝国って怖いって思われるんじゃないの？　それとも、それが狙いなのかな？

「帝国を守ってくれている精霊王だからね。ちゃんと許可は取ったよ」

謁見の間はどでかい長方形の部屋だ。

天井が弧を描いているので、かまぼこみたいな形の部屋だと思ってもらえばわかりやすいんじゃないかな。

部屋に入ってすぐ、左に蘇芳、右に瑠璃の大きな像が置かれている。

いつの間に彫刻家が姿をチェックしたのかな。そっくりよ。

扉から部屋の奥までボルドー色のじゅうたんが敷かれていて、左右に大勢の人が並んでいた。

左側は学生達で、右側は外交官や留学生の世話役に選ばれた人達だ。リルバーン連合国に留学していたハドリーお兄様もそちらに並んでいる。

中央を皇族兄弟とモニカが進むと、手前の人から順番に男性は胸に手を当てて、女性はカーテシーで出迎えるのが、格好いいのよ。皇太子の後ろを歩いているおかげで、まるで私に礼をしてくれているみたいよ。

お友達が並んでいる前を通って、一番奥まで進む。

部屋の奥には琥珀と翡翠の像が、皇族をやさしい微笑で見守るように立っていた。

すごい綺麗で優しい顔つきなんだけど、本物には勝てないね。

見慣れた顔が彫像になっているのって、ちょっと笑ってしまいそう。

広間の一番奥に皇太子とモニカが並び、モニカを挟んでエルドレッド殿下が立ったので、私はお兄様達の後ろに並ぼうとしたんだけど、皇太子に腕を掴まれて隣に並ばせられてしまった。

「え？　ここ？」

「妖精姫の位置はここだ」

わからなくはない。妖精姫という名前が独り歩きして、精霊王に愛された特別な令嬢というイメージが出来上がっている以上、特別扱いしないとまずいんだよね。

でもね、皇族兄弟もモニカも背が高いし体格もいいのよ。

クリスお兄様もアランお兄様も長身でしょ？

私だけ身長の低いお子様みたいよ。

この立ち位置はひどいよー。

アランお兄様の隣だったら、横はグッドフォロー公爵家だからパティがいるのにー。

「御来賓の御入場です」

私達が定位置についてすぐに、案内役が大きな声で言った。

細かいことを気にしても仕方ない。

さあ、どんと来い！　今日のためにウィキくんで勉強してあるぜ！

「ベジャイア王国ペスカーラ伯爵家御子息ガイオ様、ティローネ子爵家御子息ジルド様」

最初っからベジャイアの登場よ。

入場の順番は来客の身分が低い順番だから、伯爵家では最初になってしまうんだね。

「あれがベジャイアの精霊王が話していた伯爵子息か」

クリスお兄様が小さな声で呟いたので、声の聞こえる範囲にいた人達はいっせいに先頭を歩いてくる青年に注目した。

とうとう来たか。ベジャイアの英雄。

弱冠十八歳でありながら公爵の下で軍を率い、ニコデムスと手を組んでいた国王側の軍を蹴散らしたって功績で、ベジャイアでは大人気らしい。

おかげで公爵側が勝って国王は処刑されて、内乱の最中に戦死した公爵の息子が今は政権を握っている。

軍を率いていたって聞いたからごつい人を想像していたんだけど、意外にもガイオは細マッチョで長身の男だった。

なんて言えばいいんだろう。イケメンではあるけど貴族らしくはないな。服も着崩していて襟元を大きく開けていてだらしなく見える。にやにやしながら女性陣を楽しげに眺めて、私に気付くと足元から顔まで、値踏みするように何往復も視線を走らせた。

英雄だから、たぶんベジャイアではモテるんだろうね。

侯爵にしようって話もあるようだし金もあるとなれば、それ目当てで近づく女性もいるでしょ。だから自分が口説けば女性は誰でも喜ぶとでも思っていそうな、自信満々な顔をしている。

お決まりの挨拶をしたのちは、案内役に先導されて茶会のおこなわれる広間に移動する時に、こちらを見てバチンとウィンクしやがった。

「駄目だな、あれは」

皇太子がため息をつくのもわかる。

伯爵家程度で他国の最高位の貴族令嬢にあの態度はないわ。

同行してきた外交官かな？　青い顔で話しかけているけど聞いちゃいないみたいだ。

「楽しくなってきたじゃないか」

「準備してあるんだろう？」

「当然だ」

皇太子とクリスお兄様が、私の頭上で会話をしている。

まだ始まったばかりだっていうのに、雲行きが怪しくなってきたわよ。

こんなモテ方は望んでない

「リルバーン連合国ソシアス侯爵家御令嬢クルス様、ロメリ伯爵家御子息フィデル様、メンデス伯爵家御令嬢アニタ様、モリーナ子爵家御子息サバス様」

従兄のハドリーお兄様がリルバーンに留学しているので、話ではよく聞いているけど、実際にリルバーンの人に会うのは初めてだ。

紹介された四人は、初めて見る帝国様式の内装や、左右に並ぶ人達の足元に座る精霊獣をきょろきょろと眺めて、会話しながら歩いてくる。

うちの国だったら、そこは無言でまっすぐ前を見て歩くのが礼儀だと教えられるところよ。この辺がお国柄の違いなんだろうな。

でも嫌な雰囲気じゃないの。表情が明るくて、楽しそうで、こっちまで笑顔になってしまう感じ。

見た目も帝国とあまり変わらないけど、色の選び方が違う。原色の地に鳥や花が鮮やかに刺繍されているドレスはとても綺麗だ。図柄に合わせて宝石を使っているようで、光を反射してキラキラしている。

「ルフタネン王国リントネン侯爵家御子息ヘルト様、ハルレ伯爵家御子息キース様」

続いて登場したのはルフタネンの留学生だ。

リントネン侯爵家はカミルの母方の実家で、嫡男がやらかしたせいで北島から西島に移動した家ね。次男だったのに跡継ぎに繰り上がったのがヘルトだ。

彼は今年成人したばかりの十五歳。西島はまだまだ復興途中だから、精霊をどんどん育てたいんだろうね。

戴冠式に参加した皇太子とクリスお兄様は、ヘルトと話す機会もあったそうで評判は良かった。カミルみたいにひねくれてなくていいとクリスお兄様は言ってたけど、お兄様には言われたくないと思うのよ。

初めての帝国にドキドキしていそうな表情のヘルトは、利発で真面目そうだ。

どことなくカミルに似ているかな。

それに比べてキースのほうは、歩いてくる姿に元気がない。

勉強なんてしたくないんだよね。もう全属性精霊獣がいるんだもん。

転移魔法まで出来るのに学ぶことなんてないし、カミルのお供で何回も帝国に来ているから、今更ワクワクもない。

それでもここにいるのは、私に他の国の男が近付かないように見張るためらしい。

でも、お兄様達がいるのに、その心配は一切いらないと思うのよ。

そこにキースまで加わるって、どんだけ守りを固くしようとするかな。

カミルの傍にいないと駄目な立場でしょうに。

「デュシャン王国オリヴェル王太子殿下、ハンナ第二王女殿下」

あれ？　シュタルクはどうしたんだろう。あっちは第三王子じゃなかった？

順番が逆じゃない？

でも入場してきたのは、間違いなくデュシャン王国の人達だった。

デュシャン王国とは年々貿易が盛んになっていて、特にコルケットとの行き来が盛んで、ベリサリオとルフタネンみたいな関係なの。

一年の半分を雪に閉ざされる北の大地には、帝国にはいない魔獣や動物がいて、厳しい環境の中で生活しているために寡黙な人が多いんだって。

デュシャン王国の人は、ノーランドに負けないくらいに大きくて色素が薄い人が多い。

目が切れ長っていうのかな。横に長くて少し細い目が多くて、髪がね、基本は銀色なんだけど、青っぽい銀色とか赤っぽい銀色とか、ファンタジーっぽい色なのよ。王太子は青っぽい銀色で、第二王女は緑っぽい銀色だった。

そしてふたりの周りにはそれぞれ三属性の精霊がふわふわと浮いていた。

小型化していれば精霊獣にして顕現してもかまわないと伝えてあるはずだから、まだ精霊獣になっていないのかも。

厳しい冬の生活に精霊獣がいれば、とても心強いんじゃないかな。

彼らが挨拶を終えて広間に移動しても、次の入場を知らせる声はかからなくて、代わりに何人かの外交官とお父様が部屋に入ってきた。

「皇太子殿下、少々問題が……」

邪魔になるといけないのでクリスお兄様と立ち位置を交代して、私はアランお兄様と一緒に横で待っていることにした。

シュタルクが無理難題でも言い出したのかな。

「皆、広間に移動してくれ。賓客も交えて伝えなくてはならないことがある」

順番に案内されて向かった先は、謁見の間とは違いアイボリーを基調にした明るい部屋だった。大きな窓からは秋の花々が美しい庭園と、色付いた並木が見える。テラスを開放しているので、外でお茶を飲んでもいいのよ。

でもまずは、国ごとに分かれている来賓客の席に何人か高等教育課程の学生が同席しているので、そこで学園に関する質問をしてもらって、その後、自由に席を移動する流れになっている。

高位貴族の未成年の子供はふたつのテーブルに分かれているんだけど、私は皇族兄弟と同じテーブルに座らなくちゃいけないの。

クリスお兄様も一緒だけど、アランお兄様だけはテーブルが違う。

アランお兄様が次男だからじゃないのよ。

クリスお兄様は皇太子の補佐のメンバーのひとりだし、私は妖精姫という特別枠だからなの。アランお兄様が座っている席が本来のベリサリオの席で、ちゃっかりとパティの隣に座っていて、とても楽しそうで羨ましいわ。

あっちの方が気楽でいいのに。

「皆さんにお知らせしたいことがあります」

全員が席に着くとすぐに、外交官が話し始めた。

「シュタルク王国からの来賓の中に、ペンデルス人の青年が含まれています」

はあ?!

「彼の祖父母がペンデルスからの亡命者で、彼はシュタルク生まれだそうです。手の甲に菱形の痣がないことを確認しております」

そっか。ペンデルス人というから驚いたわ。

ペンデルス系のシュタルク人ということね。

移民ならベリサリオにもいるわ。

彼らはベリサリオ人と変わらない暮らしをしているし、精霊を育てている人もいるのよ。

精霊に対する悪意が消えて、共存する意志が増えると痣は消えて、精霊を育てられるようになるの。

先祖がひどいことをしたからって、何も知らない子孫まで苦しみ続けなくちゃいけないのは気の毒だ。

精霊を愛し、共存する気があるのなら、私はペンデルス系の人でも歓迎するわ。

「しかし国によってはペンデルス人と同席するのは出来ないと思う方もいるでしょう」

だけど、思いやりがないよね。

自分の誕生日の茶会の席で大勢の人が亡くなって、トラウマになっていたエルドレッド殿下が、皇太子と合同とはいえ、ようやく誕生日祝いをしようとしている時に、事件に絡んでいたニコデムス教を思い出させるペンデルス系の人間を、わざわざ連れてくる意図がわからない。

「うちはかまわないですよ」

意見を聞く前に、ガイオが話し始めた。

「選民思想の強いシュタルクが、ペンデルス系の人間をこのような席に連れてくるには、何かあるんでしょう。むしろ、どんな奴か見てみたい」

「我々もかまいません」

続いて声をあげたのはキースだ。

「彼らだけ別室で話すより、ここで話してもらった方がいい。どうせ彼らの狙いは妖精姫なんですから」

キースくん、やめようか。

一気に私が注目の的になってしまったじゃないか。

たぶんそうなんだけどね。言っていることは正しいんだけどね。

「他の方もよろしいですか？」

デュシャン王国やリルバーン連合国にとっては、ペンデルスもニコデムス教も関係ないもんな。

噂は聞いている程度だろう。

だから全員無言で頷いただけだ。

「殿下、よろしいのですか？」

一番深刻な顔をしているのは、聞いているお父様のほうなのよね。

主に私が心配で。

「かまわん。通せ」

「はあ」

「心配なら同席したらどうだ？　ただし、今回は学生ばかりの茶会だから、発言は控えめにな」

「かしこまりました」

お父様はこっちを向いて満足げに微笑んで、壁際に移動した。

けど、目立つ。

子供同士の集まりで、ひとりだけ父兄同伴になってしまった子供の気持ちって複雑よね。

「シュタルク王国シプリアン第三王子殿下。バルテリンク侯爵家御子息アルデルト様。オベール辺境伯家御子息ギヨーム様」

シプリアンは金髪に青い目の、ザ王子様っていう綺麗な顔をしているんだけど、細い。顔色も悪い。そして表情がもう、不遜というか。顎をツンとあげて、相手を見下ろすように見ている。

こちらをちらっと見た時に、片方の口端だけ上げて笑ったのはどういう意味かしらね。

この王子、十九歳なのに精霊について学びたいから特別に通わせてくれってゴネているの。

その後ろにいる精霊を連れている青年が辺境伯子息かな。

確か、地方の一部と少数民族は精霊を育てられるのよね。

てことは、侯爵家の子息があの黒髪の青年？

ペンデルス系の女性と当主が結婚したか……養子縁組か。

顔はほとんどシュタルク人と変わらないけど、元々、海峡の向こうの人達は国が違っても見た目的には違いがない。

黒髪ってことはルフタネンの血も入っているのかな。あの薄い灰色の瞳はペンデルス人の特徴よね。

ものすごいイケメンで、クリスお兄様といい勝負なくらいに綺麗な顔をしている。

ただ、なんて言えばいいんだろう。無駄に色っぽくて、夜の仕事をしてそうな印象なの。

着崩しているわけでもないのに、生活が乱れているような雰囲気。貴族らしくないのよね。

「本日はお招きいただきありがとうございます。どうやら、アルデルトの母親がペンデルス人であるということが問題のようですね。彼女の両親はペンデルスの貴族で、亡命して我が国に来ました。彼はシュタルク生まれのシュタルク育ちですよ」

シプリアンが説明している間、当の本人はずっと私を見ていた。

薄い灰色の目ってガラス玉みたいだから、ほとんど瞬きしないで注目されるとかなり不気味。

あーこれは、小さい時に私もよくやって怖がられたやつだわ。

真剣に話を聞こうとすると瞬きの回数が少なくなって、人形みたいで不気味になっちゃうやつだ。

彼もそうなのかも。

「彼がペンデルス系でも我々は気にしない。我が国にも大勢、ペンデルスからの移民はいるからな。手の甲の痣さえなければ問題ない。むしろ問題があるのはあなただ。本日は留学する生徒のための茶会だ。あなたは学園に通う年齢ではないと思うのだが」

「私は精霊の育て方だけを受講したいのだ」

私を注目しているのは、アルデルトだけじゃなかった。

皇太子と会話しているのに、シプリアンもこっちをちらちら見ている。

「それも学園の授業である以上、十五から十八でなくては受講出来ない」

「私はシュタルクの王族だぞ。この私が留学すると言っているのに断るというのか！」

「それに精霊関連の授業は、精霊のいない生徒は受けられないと伝えたはずだが？」

「精霊を得るために受けるんだろう！」

「シュタルクは精霊王が王都を去っているから、受講しても精霊は得られない」

「あなたの意見はいい。妖精姫に聞きたい！」

皇太子が穏便に話しているのに、その態度はどうなのかしら。

声が大きいから、他のテーブルの人にも会話の内容が全部筒抜けよ。

せっかく皇太子が恥をかかせないように、小さい声で話していたのに意味ないじゃない。

「妖精姫に我が国に来ていただいて、精霊王との橋渡しをお願いしたい。そして精霊の育て方について、貴族に広く行き渡るように何か月か滞在してほしいのだ」

「そういう話は、別の機会にしよう。今日は学園について話す日だ」

「こういう機会でもないと、妖精姫に会えないだろう！」

「ディアドラ」

じーっと私を見ていたアルデルトが、話の流れをぶった切って、突然私の名前を呼び捨てにしてくれやがりましたわ。

「やっと会えた。再会出来るのを楽しみにしていたよ」

声はいい。

でも、言っている言葉が理解出来ない。

「おい、あいつを知っているのか？」

「ディア？」

皇太子とクリスお兄様が驚いた顔で聞いてくるけど、一番驚いているのは私よ。

「全く知りませんわ。初対面です」

「覚えてない⁈」

え？　なんでそんな悲愴な顔をしているの。

悪いの私じゃないよね。会ったことないもん。

「話に割り込んですまないが、きみ達は少し礼儀をわきまえた方がいいんじゃないかな」

話を聞いてイライラしたのか、ガイオが席を立って私達のテーブルの横まで近づいてきた。

私にウィンクかましてきたやつが、礼儀について話し始めましたよ。

「彼女は私の婚約者になる子なんで、勝手に話を進めないでくれ」

「今度は婚約者だと？」

「ディア?!」

「誰と誰が婚約者ですって?!」

さすがにびっくりして聞き返したら、ガイオも驚いた顔で片手をテーブルについて身を乗り出してきた。

「きみと私がだよ。私の好みは、あと三年くらいは育ったほうがいいんだけど、まあしょうがない。精霊王の意向だしね。顔は文句なしに可愛いんだ。いずれはいい女になるだろう」

ニヤッと笑いながら差し出された手を、クリスお兄様がべしっと全力で叩き落とした。

「勝手に妹に触ろうとするな。そんな話は聞いていない」

「はあ?!　ベジャイアの風の精霊王が、婚約者に会いに行けと言ったんだぞ」

あいつのせいか。

ガイオは婚約の話が進んでいると思っていたのか。

皇太子の成人祝いの日、アーロンの滝に精霊王が勢揃いした時に、やたらと我が国に嫁に来いと誘ってきた精霊王がいたっけ。

そのうちのひとりがベジャイアの風の精霊王だった。

「そんな話を私達は聞いていませんよ」

「はあ?!　マジか。……これはすまない。てっきりもう決定事項だと思っていた」

ベジャイアの英雄は、ただのチャラ男ではないようだ。

状況がわかるとすぐに姿勢を正し、皇太子とクリスお兄様に謝罪を口にした。

でも、私はスルーだ。

ベジャイアって男尊女卑の傾向が強いのよね。

この世界全てがどちらかというと男社会ではあるけれど、その中でもベジャイアは独特な文化を持っている。

ペンデルスとの国境紛争にニコデムスによる内乱。ルフタネンとの戦いと、もう十年以上も戦が絶えなかった国だから、戦で功績をあげた男、強い男がモテる。

そして強い子孫を残すために、強い男は複数の妻を娶れる。

英雄ともなれば、五人くらいは奥さんが持てるのかもしれない。

「ならば引っ込んでいてもらおうか。妖精姫にはシュタルクに来てもらう」

「それは無理だと断ったはずだが」

「精霊王を後ろ盾に持つ女性などという貴重な存在を、帝国は外に出したくないからといって少々勝手が過ぎるのではないか？　他国の者といっさい会わせず、公式の場にも出さず、幽閉でもしているのではと噂される状況なのだぞ」

シプリアンはテーブルにバシッと手を突いて、前のめりになって喚いているけど、私って幽閉されているように見える？

見るからに健康で元気そうに見えると思うんだけど。

それに私を幽閉したりしたら、精霊王が黙っていないでしょうに。

「どちらにしてもシュタルクには、彼女は行かない。シュタルクの精霊王に関わらないでほしいと言われているからね。そう以前から説明しているはずだ」

「そんな話を信じられるか！　彼女を外に出したくなくて言っているだけだろう！」

「いや、精霊王はそう言うだろうさ」

にやにやしながら腕を組んで、シプリアンと皇太子のやり取りをながめていたガイオが口を挟んだので、シプリアンはぎっとガイオを睨みつけた。

「黙れ。おまえの意見など聞いていない」

「国境沿いの町から、魔力が強くて精霊獣のいる娘をさらおうとする盗賊のような国が、何を偉そうにしているんだ？」

「なんだと！」

「地方の少数民族の女性もさらうそうだな。いい加減、そんなことをしても精霊王を怒らせるだけだと気付けよ」

こいつら、ここを自分達の屋敷の居間か何かと勘違いしてないか？

いや……落ち着こう、私。

今日はおとなしく、微笑みながら座っているのがお仕事のはず。

皇太子もクリスお兄様も、この失礼な奴らを野放しにしているってことは、何か理由があるんだろう。

でもさあ、いくら子供だけの茶会とは言っても、国の公式行事で各国の代表者の集いなのよ。

自分達の国のイメージを、現在進行形でどんどん下げているってわからないのかな。

「黙れ。戦争しか取り柄のない野蛮人が！」

「殿下……」

「なんだ！　俺は……」

ギヨームに肩を叩かれてむっとした顔で振り返ったシプリアンは、彼が目線で示したことで周囲を見回し、ようやく自分の状況に気付いたようだ。

「と、ともかく、私は妖精姫とお話がしたい」

またテーブルを叩きながら、今度は私のほうに身を乗り出す。

後ろでギヨームが申し訳なさそうに頭を下げた。

精霊を育てているし、常識人のようだし、辺境伯家は普通の人達なのかしら。

帝国と同じように、中央とは違う民族なのかもしれない。

そして、アルデルトは相変わらずずっと私を見つめたまま。

だんだん気持ち悪い存在に思えてきたわ。

「ディア、きみの意見が聞きたいそうだ」

「殿下、今日は何の集まりでしたかしら。私、殿下方の誕生日祝いとお聞きしたのでまいりましたの。違うのでしたら帰ってもよろしいですか？」

眉を思いっきり下げて困った顔の演技をして、少し首を傾げながら小声で話す。

他国にまで本性をさらけ出したりしないわよ。

御令嬢らしく。おしとやかに。

「そういえばそんな集いだったな。待っている人達もいるのだ、きみ達もいったん席についてはくれないか？」

「殿下、今日は学園に入学する者の集いでもあります。シプリアン殿下は入学年齢を過ぎていますので、他国の保護者の方達と別室にいていただいた方が……」

「私は入学すると言ったはずだ！」

皇太子が丸く治めようとしているのに、クリスお兄様が燃料を注いじゃってる。

怒ってるのかな。

でも、喚いているシプリアンを見ている皇太子も口端をあげているところをみると、わざとシュタルクの自分勝手さを各国代表に見せているのかもしれない。

彼らに比べると、他の三国はこういう場に相応しい態度を取っている。

呆れた顔をしていたり、おもしろがっている顔をしていたりという違いはあっても、本国に出来るだけ情報を持ち帰ろうと思っているのか、私達のやり取りを注視している。

「学園の講義を全て受ける気はない。精霊の育て方の講習を受けるだけだ。我が国の状況は知っているだろう。隣国として多少は協力してもいいのではないか？」

ものを頼む態度じゃないな。

「何度も説明をしていますが、精霊獣の育て方の講義は精霊のいない生徒は受けられません。精霊を得る方法についていては、教本をお渡しししているはずですが？」

「それでも手にはいらないから……」

「シュタルクの場合、いくら講義を受けても精霊は手にはいりませんよ」

「やってみなくてはわからないだろう」

「わかります。精霊王がそうおっしゃっていましたので」

説明しているクリスお兄様の精霊を苦々しげに見てから、シプリアンは矛先を私に向けた。

「妖精姫が我が国に来れば状況が変わるのではないか？」

「変わりません」

「おまえには聞いていない」

「おまえねえ……いい加減、少し失礼すぎると思いませんか。皇太子の御前でその態度、こちらが穏便に済ませてあげているうちに席に戻りなさい」

あー、とうとうクリスお兄様が攻撃モードになってしまった。

「俺は王族だぞ。ベリサリオが何を……」

「やめた方がいいぜ。今のシュタルクじゃ、戦なんて出来ない」

「戦をする気なんてない」

「その態度で?!」

ガイオがポンとシプリアンの肩を叩き、反射的にシプリアンが叩き落とそうとする。その手を避けて手を引っ込めながら、ガイオは笑顔でこちらを向いた。

「妖精姫はあまり話さないんだな。聞いていたよりおとなしいというか……可愛いだけ、魔力が強いだけの女の子か？」

　顎に手をやり、しみじみと私を見ながらガイオが呟いたので、怒っていたはずのシプリアンまで私に注目した。

「ふむ。婚約が決まっていないというのなら、私としても子供の相手は遠慮したい。だが、帝国とベジャイアの友好関係が強まるのは、両国にとって悪い話ではないと思うのだがどうだろう」

「ん？　ああ、そうだな。異論はない」

　ガイオに突然話を振られて、皇太子は笑いながら頷いた。

　私への評価がおかしくて、これでも笑いを堪えているらしい。

「ここには高位貴族の女性も参加しているのだろう」

「おまちくださいガイオ様。陛下はあくまで妖精姫との縁談を」

「風の精霊王の勘違いなんだ。しかたないだろう。俺の好みは……」

　おい。八百屋で野菜を選ぶんじゃないんだぞ。

　その場にいる女性を見比べて選ぼうとするな。

　シュタルクも失礼だけど、違った方向でこの男も失礼だわ。

　だんだんムカついてきた。

　後頭部を扇でぶっ叩きたくなってきた。

「おお、あそこに女神がいるぞ」

　嬉しそうな声をあげて、ガイオはすたすたとテーブルのひとつに歩み寄り、

「これは美しい。しかも艶っぽい」

よりによってスザンナに声をかけた。

「妖精姫も確かに可愛いが、女性は男を喜ばせられないとな。あなたなら、顔も体つきも私好みだ」

あ、地雷を踏んだ。

小さい時から育ちがよくて、男の子達にからかわれていたスザンナにとって、体付きについて言われるのは誉め言葉にならない。

でも、扇で口元を隠して冷ややかな目で見上げるスザンナは、ますますガイオの好みだったらしい。

「気の強そうな様子もいい。どうだ？　俺の嫁に……」

「私の婚約者に触るな」

ガイオの差し出した手を、先程よりも強くクリスお兄様が叩き落とした。

あまりに勢いがあったので、手がテーブルにぶつかったガンッという音が私のいる場所まで聞こえるほどだ。

「は？」

ガイオが驚くのも当然だ。

私も先程までクリスお兄様が座っていたはずの隣の席と、スザンナの横に立ち肩を抱きよせているお兄様を、三度見くらいはしてしまった。

「同じ部屋の中なら転移魔法って出来るんですか？」

「……精霊王はベリサリオを特別扱いしすぎだな」

うひゃー、クリスお兄様は何をやっているの。

カミルが皇宮に直接転移出来たのは、私のバングルに勝手に宿ったシロのおかげよ。

今回はひとつ間違ったら地下牢に転移してしまうところだったのよ。

「見ろよ、あの顔。あのクリスが、慌てるところなんてなかなか見られないぞ」

でも皇太子が楽しそうだから、今回はいいのだろうか。

「きみは妖精姫の隣に座っていたな。誰だ?」

「は?」

「え?」

英雄脳筋説浮上。

帝国に来る前に、そこの主要メンバーくらいは勉強して来いよ。

「ガイオ。彼はベリサリオの嫡男のクリス殿だ。妖精姫の兄上でもある」

かわいそうに子爵家の子息は真っ青になってしまっている。

彼はちゃんと帝国について学んでいるし、礼儀も弁《わきま》えていそうだ。

「あー、なるほど。彼が神童と言われているクリス殿か。……意外だな。ベリサリオは軍の強さで有名なのに、こんな優男だとは。それで戦えるのか?」

戦争続きのベジャイアでは、男は強くなくてはモテない。

筋肉量が男の魅力に比例すると言ってもいい。

女性は胸と尻が大きい女性がモテるらしい。

可愛らしいタイプよりも色っぽい綺麗な顔がモテる。

ガイオは細身だけど、それは無駄な肉がないからであって、胸板は厚いし肩も筋肉でしっかりと盛り上がっている。

でも国が変われば価値観も変わる。

ベジャイアの英雄は、帝国ではただの伯爵子息だ。

戦場での立ち居振る舞いと茶会での礼儀は違うんだと理解しないと。

「少なくとも、戦闘であなたには負けないと思うが？」

クリスお兄様が怒っているせいで、精霊獣達がテーブルの上に小型化して顕現している。

背を丸めて毛を逆立てて怒っているけど、四属性共に見た目が子猫だからめっちゃかわいい。

どうやら、リルバーンとデュシャンの人達もそう思ったようで、ほんわかした顔でテーブルの猫を眺めている。

たぶんこの場にいる人のほとんどが、猫の可愛さでお兄様の味方になっただろうな。

それに、争いの原因になっているスザンナが、

「まあ！　まあ、クリス」

転移魔法まで使ってクリスお兄様が助けに来てくれたことに感激して、ベジャイアの英雄なんてそっちのけで、うっとりとお兄様を見上げているのだから、ガイオはただのお邪魔虫だ。

「まさか、ここまで転移して来てくれるなんて」

「来るだろう。婚約者に絡む馬鹿を放置出来るか」

「馬鹿って……失礼だな」

「失礼なのはそちらだ。伯爵子息風情が、他国の侯爵令嬢にあの態度。ましてや皇太子殿下の御前での態度は、国際問題にしてもおかしくないひどさだぞ」

「私はこれでも特別待遇なんでな」

「それはベジャイア国内でしか通用しない」

「なに！」

たぶん、ベジャイア宮廷ではあの態度でいいんだろうね。

脳筋の集いで、剣を交えて親しくなるような、王族相手でも筋肉見せればわかりあえるみたいな。

じゃなかったら、まずいでしょ。

他国の令嬢を、どれにしようかなって選別したのよ。

「意外とおとなしいな」

「は？」

「ベジャイアもシュタルクも、もっと騒ぐと思っていたんだが」

皇太子の言葉に、私は目が点になった。

まさか、ここで取っ組み合いを始めるとでも思っていたの？

「帝国とベジャイアの友好関係を考えれば、彼女を私に譲るべきだとは思わないか」

「今、友好関係が崩れつつあると理解しろ。だいたいベジャイアもシュタルクも、帝国に助力を頼む側だという自覚はないのか」

「ほお。つまりおまえは友好関係が崩れてもかまわないと言うんだな」

「礼儀をわきまえない相手に譲歩しなくてはいけない理由は全くないな」

クリスお兄様とガイオのやりとりが静まり返った広間に響いている。

私も大人になったなあ。

呆れてはいるけど、怒りはなくなってきたわ。

ベジャイアもシュタルクも、国際的な場での対応を学ばないと駄目よねー。

困っちゃうわ。

『何をしているんだ！　縁組の相手は妖精姫だと話しただろう！』

不意に空中に緑色の髪の男性が姿を現した。

細いくせに筋肉バキバキの姿はよく覚えている。ベジャイアの風の精霊王だ。

「彼女はまだ子供だ。我が国に来ても何も出来ない」

『おまえは彼女の価値がわかっていないんだ！』

まあ、本当に困ってしまうわ。

ヒトがせっかくおしとやかに、穏便に過ごしているというのに。

一気に怒りのバロメーターがあがったわ。

「皇太子殿下、私、ちょっと行ってきますわね」

「ああ。やりすぎるなよ」

「もちろんですわ」

この場合のやりすぎるって、精霊王をグーでぶん殴ることくらいよね。

あいかわらずの大騒動

今回こそはただ静かに席に座って、妖精姫は噂だけが先行してしまっただけで、本当はおとなしくてお淑やかな女の子だったんだと思われるようにしたかったのに……。

どうしてこう毎回問題が起こるのよ！

閉じた扇を片手に、もう片方の手でドレスを摘まんですっと席を立ち、問題の中心になっているテーブルに向かう。

ベジャイアの精霊王もガイオも、クリスお兄様やスザンナも私に気付いて、口を閉じて注目した。

心配そうなスザンナの横で、クリスお兄様が口元を一瞬緩めたこと、見逃しませんよ。

先程の皇太子の台詞といい、ふたりで何か企んでいるでしょう。

あとでしっかりと説明してもらいますから。

「確か以前、一度お会いしていますわよね。風の精霊王様でしたかしら？」

「お嬢ちゃん、子供は向こうにいたほうがいいぜ」

話しかけてきたガイオをちらっと見あげ、すぐに視線を逸らす。

「図体ばかり大きくて頭の中がお子様の人こそ、向こうにいた方がいいんじゃないかしら」

「は?」

怒りより驚きが勝ったみたいだ。ガイオは口と目を真ん丸にして呆気にとられている。

『ディアドラ、彼は悪いやつではな……』

「他国の皇宮内で失礼な態度を取り続け、お兄様やお友達を侮辱したこの男が悪いやつではない?!」

『それは……きっと慣れていなくて』

「貴族として当然の社交が出来ない方を、ベジャイアは帝国に寄越したのですか? よっぽど人材が不足しているか、帝国を馬鹿にしているか、どちらなんでしょう?」

『いや……あの……』

女の子に扇の先を向けて詰め寄られたくらいで、しどろもどろにならないでほしいわ。

これでは私が精霊王をいじめているみたいよ。

でも、まだまだ言いたいことはあるのだ。

「あなたも自分は何をしているかわかっていらっしゃいますか? 他国に来て、そこの人間の縁談に口を挟むなんて、人間に干渉してはいけない精霊王のやることではありませんよね?」

「おまえ……そういうやつだったのか」

横で英雄が楽しそうな顔になっているけど、無視無視。

自分のところの精霊王が怒られているんだから、フォローしてあげなさいよ。にやにやすんな。

スザンナに冷ややかな目で見られて嬉しそうだったし、マゾなのか?

「ここは琥珀の担当している地域です。もちろん、この場に来ることは琥珀の了承を得ているんですよね？」

『いや、今日は他の精霊王も……』

「他？」

『あとで……その……』

なんなの。話がまるでわからない。

「皇太子殿下、この場に琥珀に来てもらって話を聞いてもいいですか？」

「ああ、かまわないぞ」

腕を組んで背凭れにふんぞり返って見物していた皇太子は、真面目な顔をしようと努力しているみたいだけど、声に笑いが漏れている。

慌てて口元を手で覆ってわざとらしく咳払いしても、バレバレだからそれは。

『ようやく顔を出せるわ。ディアったらもっと早く呼んでよ』

琥珀先生、まだ呼んでませんよ？

でも、皇太子がオッケーするまで待っていてくれるなんて、うちの精霊王達はちゃんと人間社会を理解して尊重してくれて助かるわ。

『ベジャイアの。同じ風の精霊王として恥ずかしいから消えてくれない？』

今回は翡翠が切れていた。

腰に左手を当て、右手の人差し指をベジャイアの精霊王の胸に当てて、ぐんぐん前に歩いていくから、ベジャイアの精霊王は壁際に押しやられている。

『他国の子供が揃うと聞いたので、精霊王達がいい機会だから会いたいと言ってな』

『ちゃんと俺達が話をつけるから待っていろと言ったのになあ』

そして私の左右に、当たり前のように瑠璃と蘇芳が姿を現した。

「全員で来たのね」

他の国の精霊王はほとんど姿を現さないっていうのに、帝国の精霊王はなんで毎回全員集合したがるの。

帝国の学生はすっかり慣れたもので、すっと椅子から滑り降りて床に片膝をついたけど、他国の人達はこれが精霊王との初遭遇よ。慌てて跪こうとして椅子を倒したり、あまりの驚きに動けなくなってしまっている子もいる。

それに気付いて同じテーブルの帝国の学生が、助けてあげるというほのぼのと心温まる光景が、あちらこちらで展開されていた。

『待て。前にも言ったが、帝国はもう上手くいっているんだから』

『そっちこそ何度も同じことを言わせないで。そんなにこの坊やを高く買っているなら、この子と仲良くしなさいよ。そもそも人間社会に干渉するなという決まりを破りすぎよね。精霊王として失格でしょう』

誰かー、翡翠を止めてー。

どんどん壁際に向かっているせいで、どんどん離れて行ってしまってるわよ。

『アンディ、エルディ、誕生日おめでとう』

でも、琥珀は翡翠を放置で皇族兄弟に声をかけに行った。

「「ありがとうございます」」

皇族のふたりとうちのお兄様達は、今回も跪いていない。

スザンナとモニカも、それぞれ瑠璃と琥珀との挨拶を済ませて、跪かなくていいよと許可をもらっているの。

ガイオはちゃんと跪いていて、シプリアンは腰が抜けたのか変な座り方をしていた。

アルデルトも跪いているので、ここで問題を起こす気はないんだろう。

『誕生日祝いと留学生の顔合わせの茶会なのに、割り込んでごめんなさいね』

あいかわらず精霊王達は内面から光が溢れているように、肌なんてつやつやでとても綺麗。

何がすごいって、全く化粧していなくてこの美しさだからね。

砂漠化まっしぐらのシュタルクや内戦で荒れたベジャイアは、精霊の数が少ないから大気中の魔力量が少なくなっているはずなの。そこから帝国に来て、たぶん魔力の感覚の違いに驚いただろうと思う。

そこに更に精霊王の登場ですよ。

英雄は慣れているみたいだけど、シュタルクの王子様は立てないかもしれないわ。

「琥珀様が来てくださっただけで嬉しいのですから、謝らないでください。他国の精霊王もいらしているんですか？」

『そうなの。リルバーンもデュシャンも帝国を見習って精霊を育てるようになって、精霊獣も増えたのよ。それで精霊王達が子供達と会ってみたいと前から言ってたの。でも、どのタイミングで顔を出すかむずかしくて』

モアナなんて、突然王宮の空にどーーんって姿を現したらしいよ?

精霊王が出現すれば間違いなくみんな喜ぶんだから、お祭りか何かの時に、後光でも背負って登場すればいいんじゃないのかな?

『どうだろう。精霊王達を呼んでもいいだろうか?』

瑠璃に聞かれて、この場の空気で嫌だと言える人はいないでしょう。

リルバーンとデュシャンの留学生は、自国の精霊王に会える期待と、他国の精霊王だとしても、目の前に精霊王がいる状態に感動して目がウルウルしちゃってるんだよ。

何かもう幻が見えちゃっているのか、床にへたり込んで、遠くを見つめてぼんやりしている子までいるんだから。

「むしろ呼んであげてください。こちらの騒動のせいで、すっかり無駄な時間を過ごさせてしまって申し訳なかったんです。来ているのは二国だけですか?」

『シュタルク以外は来ているわ』

「な……なんで……」

思わず声をあげたシプリアンを琥珀は冷ややかに見下ろし、すぐにふんと横を向いた。

『アンディ。ディアをシュタルクに行かせては駄目よ。たとえ短い滞在であってもよ』

「承知しています」

『琥珀、話はあとにして精霊王を呼ぼう。彼らの話す時間が減ってしまう』

『そうね。蘇芳、あなたも手伝って。瑠璃はディアの傍にいてね』

『ベジャイアの精霊王は呼ばないわよ。この馬鹿がしでかしたんだから、このまま帰ってよね』

翡翠は壁際まで追い詰めたベジャイアの精霊王を置き去りにして、琥珀の傍まで戻ってきた。

それからはもう、各国それぞれに大騒ぎだ。

『姿を現してもいいわよ』

琥珀が言うとすぐに、空中にほわっと光の玉が浮かび上がり、徐々に大きくなってうっすらと人の姿を浮かび上がらせた。

それを見て、私は素晴らしいと感心したね。

突然、ぽんっと現れるんじゃないのよ。驚かせないようにという配慮なのかどうかはわからないけど、ここに現れますよーってちゃんと知らせてから、ゆっくりと姿を見せるやさしさ。

そういえば瑠璃も最初はそうだったよね。

床からぬおーーーっと現れた某精霊王もいるけど。

『これってひどいわよね。この男もひどいけど、あっちなんて学園に通える年齢じゃないんでしょ？』

現れ方はよかったのに、姿を現した途端に瑠璃に突撃して文句を言い出した精霊王がいたわ。

瑠璃の妹なんですって。

たしか……モアナって言いましたっけ？

『今回は確かにおまえの言う通りだな』

『でしょう？　ルフタネンはちゃんと決まりを守って、礼儀正しくしていたわよ』

『そうだな。呼んでいいんじゃないか？』

『そうね』

蘇芳や琥珀が頷いているのはなんの話だろうと、私は自分の頭上で交わされる会話を首の後ろをさすりながら聞いていた。

だって、みんな背が高いんだもの。真上を見上げるようにしないと目を合わせられないのよ。

「なんの話？　何かするならちゃんと皇太子殿下に話してからにしてよね」

「ああ、気にしないでいいぞ。皆も空いているテーブルに移動してゆっくりしてくれ。来賓は精霊王とゆっくり話したいだろう」

それぞれの国からふたりずつ精霊王が顔を出していて、リルバーンとデュシャンの人達は、生徒達だけじゃなくて同行していた関係者まで、感激に顔を紅潮させて精霊王の話を聞いている。

中には感激のあまりに、会話が頭に入っていない人もいるんじゃないかな。

彼らと同じテーブルにいた学生達は、帝国の人間が傍にいるのは邪魔じゃないかと遠慮して、少し離れた場所で待機していたの。

そこに皇太子からゆっくりしていていいよとお達しがあったから、空いていたテーブルに座り、お菓子やお茶を用意してもらって、仲間内でお茶会を始めた。

帝国の学生、精霊王に慣れすぎ問題。

私達のことを気にしてはいるようだけど、慌てている人は誰もいない。

そしてルフタネンの精霊王は、姿を現した途端に瑠璃に突撃したモアナと、少し遅れて笑顔で手を振りながら近づいてきたマカニの見慣れたコンビだ。

ルフタネンの留学生も精霊王に慣れていて、ふたりが自分達より先に私達のほうに来ても気にしていないみたいだ。

『じゃあ呼ぶかな』

「誰を？」

『シロ！』

そうか。そうだよね。

これだけ各国の人が揃っているんだもんね。

『はーーい。呼ばれたー。瑠璃様ー』

各属性の色に輝きを変えながら、光の玉がしゅんしゅんと瑠璃達の上空を飛び回り、降りてくると同時に、耳の大きな掌サイズの白いモフモフに姿を変えた。

『説明してあるんだろう？　カミルを連れて来てくれ』

『やっとだー。待ってたー。ここでいい？　ここでいい？』

『ここだな』

瑠璃が示したのは、私のすぐ横だ。

傍にいた蘇芳と琥珀は、場所を空けるために横に移動した。

『はーい。ちょっと待っててー』

効果音をつけるとしたら、しゅるんかな？

気付いたらもう姿を消していて、

『ただいまーー』

姿が見える前に声がして、すぐ隣に肩にシロを乗せたカミルが立っていた。

ベリサリオの本気

王宮で仕事でもしていたのか、カミルはいつもの民族衣装姿だ。

普段の仕事用なんだろう。正装よりも飾りが少ないので黒い部分が多くて、華やかな装いの人達の中でひとりだけ目立ってしまっている。

前もってシロに事情を聞いていたとしても、他国の皇宮で、大勢の人達がいる中に突然転移して来て状況がわからないんじゃないかな。

「無事のようだな。……各国の精霊王が来ているのか？」

すぐ横に私がいることに気付いてほっとした顔をして、それからぐるりと周囲を見回す。

小型化した精霊獣達がカミルの頭上でふよふよ上下に揺れて落ち着かないのは、精霊王に囲まれているからかな。帝国の精霊王とルフタネンの精霊王が周りにいるからね。

「そうなの。シロに話を聞いているんでしょ？」

「ああ……うん、まあ……」

『ちゃんと話したよー。瑠璃様が呼んでたって。ベジャイアとシュタルクの男達が、ディアを取り合っていたってー』

うはあ。やめて。得意げに言わないで。

横でカミルの機嫌が急降下していく気配がするだろうが。

それに、彼はやらなくてはいけないことが多すぎる。

まず精霊王達に挨拶して、次に皇太子に一礼して御挨拶。

既に公爵としてルフタネン王の仕事を手伝い、外国との協議の場にも何度も顔を出しているカミルは、そつなく各国の代表との挨拶も済ませた。

どこぞの王子や英雄とは違うよ。

というか、これくらいしなよ。国の代表としてこの場にいるんだから。

「やあ、久しぶりだね。ベジャイアの英雄さん。和平交渉以来じゃないか？」

でも、ベジャイアの英雄に向き直った途端、カミルの態度が変わった。

すぐに一歩前に出て私を隠すようにして、棘のある口調と声で話しかけている。

目つきわるっ。

表情で喧嘩を売っている感じ。

「これは驚いた。イースディル公爵は自国だけじゃなく、帝国の精霊王にも気に入られているのか」

元は敵国の若い英雄と少年の公爵とか、腐っている御婦人方が大喜びする組み合わせだわ。

ただし現実は甘くない。

若い英雄は色っぽい女性が好きで、少年公爵は変わり者の妖精姫を気に入っている物好きらしいよ。

「そちらこそ国内が大変な時に、留学する余裕があるとは意外だな」

そうなんだよね。

長い戦争が終わって国土が荒れて、働き手の若い男性もだいぶ減って、ベジャイアは食料確保が大問題になっているはず。

それを言えばシュタルクだって砂漠化のせいで、帝国からの輸入に頼っているはずなのに、あのでかい態度はなんなのさ。

「風の精霊王が妖精姫との婚約を決めろとうるさくてね」

「なんだと」

「カミル、ちょっと待って。ガイオはお子様は嫌なんですって」

「はあ?!」

さっき殴り掛かりそうな勢いだったくせに、ガイオが私を気に入らなかったと聞いたら呆れた顔になった。

「どこぞの公爵が手を出すなとうるさかったしな」

「当然だ。この遊び人が」

「ふたりは仲良し？」

「仲は良くない。和平交渉の席でもこの態度のせいで最初は決裂しそうになったんだ。だけど話せばわかるというか何もわかっていないというか、最終的にはみんなに気に入られるというのがこの男のずるいところだ」

あー、基本悪気はないからな。相手の懐に潜り込むのは得意そうだ。

でも、嫌いな人にはとことん嫌われるタイプだよね。

因みに私は、許されるとわかっていて甘えてこういう態度を取る人は嫌いです。周りが苦労させられるから。

「私としては彼女を気に入ったんだが……ベリサリオ嫡男の婚約者だそうだ」

ガイオが示した相手がスザンナで、彼女の隣に凍り付きそうなまなざしのクリスお兄様が立っているのを見たカミルは、額を手で押さえてうんざりとため息をついた。

「自殺願望があったのか」

「なんでだ？　おまえのお気に入りの妖精姫に手を出すよりいいだろう」

あなた達、私のいないところでどんな話をしているのよ。

私とカミルがベリサリオ家公認だって、もう外国の人も知っているの？

勝手にカミルが広めているってこと？

あれ？　でもクリスお兄様は黙ったままね。

ガイオがひどすぎて、カミルにまで文句を言う余裕はないのかしら。

「ベリサリオ次期当主の妹の妖精姫を侮辱して、婚約者を口説いたんだろう？　ベリサリオに喧嘩を売るなんてベジャイアを亡ぼすつもりか？」

「……いや、今はベリサリオは……」

「ベジャイアだけじゃないぞ」

クリスお兄様はスザンナの肩を抱いたまま私の傍まで移動して、皇太子のいるテーブルのすぐ前で床に座り込んでいるシュタルクのメンバーを顎で示した。

「シュタルクもディアを国に連れて帰りたいとしつこいんだ。精霊が傍にいないと、王都に運んだ途端に食料が腐る状況だというのに、よく皇太子殿下の前であんな態度がとれたものだ」

「ああ、シュタルクの王子がいるのか。それはちょうどいい」

あいかわらず目つきの悪いままカミルがクリスお兄様の隣に並ぶ。

ふたりから漂う敵意のオーラがすごいよ。

見下ろされる形になったアルデルトはむっとした顔で立ち上がり、真っ青な顔でへたり込んでいたシプリアンは、ギヨームや慌てて駆け寄って来た警護の者達に抱えられて引きずりあげられた。

「いい加減、暗殺者を送り込んでくるのはやめてもらいたい。こちらには精霊獣がいるんだ。無駄だぞ」

……今、なんて言った？

暗殺者？　カミルに？

「言いがかりはやめてもらおうか」

「言いがかり？」

『違うよー。シロが捕まえたり、カミルの精霊獣達がやっつけたり、何人もいたよー。みんな、シュタルク人だったよー』

精霊獣は嘘をつけない。

それにカミルがこの場で言うということは、ルフタネンはもう証拠を押さえているんだろう。

「暗殺ですって？　なぜ？」

聞くまでもない。私のせいだ。

彼らはカミルが邪魔なんだ。

それで瑠璃はシロをカミルに預けたの？

「我々はそんなことは知らない！」

「指示を出しているのはエリサルデ伯爵だと犯人が白状したよ」

「ああ、そいつはベジャイアの国境の町から女性を攫うやつらの親玉だ。裏の仕事を請け負っている奴なんだろう」

ガイオのほうでも調べはついているのか。

他国から女性を攫い、カミルを暗殺しようとしているくせに、なんでこいつらはこんなに偉そうにしているの？

自分達は何もしないで、私さえ国に呼べばどうにかなるなんて甘いことを考えて。

「今後一切、私がシュタルクに行くことも、あなた達に助力することもあり得ないわ」

「な、こんな小さな島国の王子などを、どうして選ぶんだ！　我が国のほうが歴史が古い由緒正しい高貴な国だ！」

「だからなに？」

過去の歴史を大事にするのと、過去にしがみつくのとは違う。

間違っていたことは正していかないと。

「帝国だって、精霊王の森を破壊しただろう。我々と同じだ。それなのになぜ帝国は許されて我々は許されないんだ」

この王子は、そこからわからないのか。

きっと周りの大人達が同じ考えで、子供達にそう教えているんだろう。

「そうね。帝国も一度は精霊王を怒らせたわね。でも非を認めて謝罪して、皇都の中に新しく森を作ったのよ。魔力の多い貴族や学生達が、森を育てるために魔力を放出しに通ったの。今では精霊を育てることを国民全員に推奨して、精霊のいる場所を守っているわ。あなた達は何をしたの？女性を攫う？　カミルを暗殺？　犯罪ばかりしているじゃない」

カミルは怒りに拳を握り締めた私の手を取り、軽く上下に揺らした。

「俺なら大丈夫だ。だから落ち着こう。精霊獣達がシュタルクのやつらに飛び掛かりそうだ」

私の怒りを感じて、精霊獣達がいつでも飛び掛かれるようにシュタルクの人達を取り囲んでいた。

やばい。妖精姫が他国の人間に怪我をさせたりしたら大問題だ。

「いや、ディアが怒るのも当然だ。私としても両国をこのままにはしておけない」

クリスお兄様の冷ややかな声と言葉に、精霊王と会えて話し込んでいたリルバーンやデュシャンの人達も、さすがにこちらに注目した。

キース達だってモアナとマカニの傍に待機している。カミルに暗殺者が差し向けられていたなら、彼らだってずっと警戒状態で暮らしてきたんだろう。

いつからよ。

クリスお兄様は知っていたの？

皇太子は？　お父様は？

「私はこれでもベリサリオ家嫡男だ。妹を侮辱され、婚約者を侮辱され、私自身をないがしろにされて放置は出来ない。これはベリサリオへの敵対行動だ。さらに殿下の御前での両国の非礼な態度もこのままにはしておけない」

静まり返った室内にクリスお兄様の声が響いている。敵対行動って言葉は重いよ。

ベリサリオへの敵対行動か。国際問題勃発だ。

「いかがいたしましょうか、皇太子殿下」

クリスお兄様に問いかけられた皇太子は、椅子に座ったまま顔を少し横に向け、

「ベリサリオ辺境伯、おまえも言いたいことがあるんじゃないか？」

壁際に控えていたお父様をそれはそれは楽しそうに呼んだ。

「発言してもよろしいですか」

「もちろん」

「どうやらシュタルクとベジャイアは、このような場で好き勝手なことをしても帝国は何も出来ないと誤解しているようです。それをこのまま放置すれば帝国の威信にかかわります」

「そうだな。俺としてもガイオとシプリアンの態度は放置出来ない。食料輸出を止めるか」

「なっ！」

「……」

お父様と皇太子のやり取りを聞いて、両国の人達の顔色が変わった。

いや、普通に考えてこうなるでしょう。

なんで驚いているのよ。

「そうですな。今回は子供の集まり。十八の伯爵や十九の王子が子供かどうかは疑問が残りますが、明後日からの正式な行事ではなくこちらに参加させたということは、二国ともこのふたりを子供扱いしているのでしょう。ひとまず正式な各国代表の態度と、この件に対する対応は見るとして……彼らにはお帰りいただきましょうか」

このまま帰しちゃっていいの？

二国とも無礼千万だったのに？

「ディア。彼らをいちいち港まで送り届けるのは面倒だ。ベリサリオの城に入れたくないだろう」

座ったまま、横柄な態度で肘をついて話している皇太子に頷く。

たぶんこれは、皇太子がそれだけ力を持っていると見せるための演技だね。

そのくらいは私にもわかるわよ。

「ここから直接港に帰ってもらおう。そっちの壁を使ってくれ」

「はい。アンディお兄様」

私が笑いながら答えた途端、ガイオもシュタルクのメンバーもぎょっとした顔でこちらを見た。

何よ。私が皇太子と仲良しだとおかしいの？

「イフリー手伝って」

いつものようにイフリーの背に座り、壁の端のほうから上へ指先で線を描くように壁をなぞっていく。天井までぶつかったら今度は横に移動よ。

「いつもの場所に繋げるんだよ」

「はーい」

お父様が言っているのは、グラスプールの港にある倉庫の壁に空間を繋げろってこと。

城から荷物を運ぶ時やまとめて人を転移したい時だけ、私が空間にドアを作ってあげるんだけど、突然空間が切り開かれたらみんなびっくりしちゃうでしょ？　突然じゃなくてもびっくりするか。

だからいつも同じ場所に空間を繋げるようにしているの。

それに壁に扉を作る方が、何もない場所で空間を繋げるよりも安心感があるみたいよ。

今回は必要じゃないとわかっているけど、かなり大きく空間を繋げることにした。

妖精姫はおとなしいお淑やかな御令嬢だなんて思わせるのはもうやめた。

今までかなり派手なことをしてきたのに、話を聞いただけの人達は、私が女の子だってことで甘く見る。

このままじゃ駄目だ。私は怒らせたらやばい子だと思わせた方がいい。

じゃないと、これからもカミルやお友達が危険な目にあう可能性がある。

壁の端まで移動して今度はまた下に降りていく。

背後にたくさんの視線を感じるし、小さな囁き声も聞こえてくる。

なんとでも言って。

皇太子に以前から注意はされていたけど、いざ実際にカミルの命が狙われていると聞くと、怒りがわくし心配で何かしないではいられない。

私の関係していることなのに私の知らないところで、みんなが何か計画しているのは納得いかないし、守られる側にいるだけなのは嫌だ。

準備が終わりイフリーから降りて、線で囲った場所の真ん中に立つ。

壁をポンと軽く人差し指で突いたら、ひゅんと壁が消えて、グラスプールの港の風景が現れた。

「うわ」

思わず驚いた声をあげたのは私だ。

なぜならまるで私を出迎えるみたいに、港にずらりとベリサリオの兵士が並んでいたからだ。

明るい日差しにターコイズグリーンの制服が眩しい。

風に揺れる記章がキラキラと光を反射している。

彼らの足元にはずらりと精霊獣が並び、頭上には精霊が浮いていた。

そして一番奥に見えるのは海軍の船だ。その甲板にも兵士が並んでいる。

「皇太子殿下に敬礼！」

お父様の号令に合わせ、兵士たちはいっせいに剣を少しだけ引き抜き、かちりと音をさせて鞘に戻し、踵を打ち鳴らして胸に手を当てた。

目の前に広がるあまりにも意外な光景に、唖然としてしまって次の行動が取れなかった。

まさか、港に兵を整列させているなんて思わないわよ。

でも驚いたのは私だけじゃない。ほとんどの人が固まっているみたいだから、私は平静を装って
すーっと横に退いて壁際まで移動した。

……これは、どういうこと？

これだけの兵が整列しているってことは、私がここに転移用のドアを開けることになるって、前
もってわかっていたってことよね。

やっぱり、皇太子もクリスお兄様が仕組んでいたんだ。お父様も知っていた。

シュタルクとベジャイアの失礼な態度も予想通りだったんじゃない？

唯一、ガイオがスザンナに言い寄ったのだけ想定外で、クリスお兄様が慌てたんだ。

あとで皇太子やクリスお兄様に話を聞こうと思っていたけど、やめた。

これはもう国と国との政治の話だ。

それも、軍隊が動く可能性のある話なんだ。

それは聞きたくないわ。私は平穏に生きたいのよ。

たった今、ド派手なことをして目立ってしまったけども！

「これが妖精姫の力か。猫を被っていたんだな」

こっちに近づいてくんな。

でもこの状況で余裕の顔を崩さないところは、さすが戦場で活躍した英雄と思っていいのかな。額や首筋にだいぶ汗をかいているみたいだけどね。

「精霊王が欲しがるわけだ。今までの非礼は詫びよう。俺は……」

「どけ」

ガイオと私の間にカミルが割り込んできた。

『こいつなにー。シロ、知らなーい』

『こいつはベジャイアのやつだ』

『失礼なやつ』

カミルや私の精霊獣達のガイオに対する敵意がすごい。

それでも苦笑いしつつ、この場を動かないガイオの根性もすごいな。

「カミル、きみはルフタネンの人間だ。我々と帝国の話に口出ししないでもらおうか」

「ディアに近づくなと前に言ったはずだ」

「はい、ふたりともやめて」

ぱんぱんと手を叩いて、ふたりの意識をこちらに向かせる。

「ガイオは、私はお子様だから相手にならないと言ったのを忘れないでね。お帰りはあちらです」

『待て……』

話に加わろうとしたベジャイアの風の精霊王を、翡翠が先回りして進路を塞いで止めた。

『消えてって言ったでしょ。あなたは自分のやらかしたことを反省なさい』

『いや、さすがにそれだけでは済まさない』

瑠璃が一歩前に出た。

『今後ベジャイアの精霊王は、アゼリア内へ足を踏み入れることを禁止する』

『それだけじゃなくて、暫く付き合いもやめましょう。今回のように精霊王が集う時にも、あなたの顔は見たくないわ』

琥珀まで言い出したものだから、さすがにベジャイアの精霊王も慌てだした。

『ま……待ってくれ。それではほかの精霊王が……』

『ものすごく怒っているでしょうね』

うわ、ベジャイアの他の精霊王に話さないで、ひとりで勝手な行動をしていたの？

なんなの、この精霊王。

『だが……妖精姫は……』

まだそんなことを言ってるのか。

「私、ずっと思っていたんですけど」

精霊王達が、いっせいにこちらを向いた。

慣れているつもりでも、圧がすごいよ。

「ベジャイアの精霊王って、相手の話を聞いていませんよね。こちらが何回断わっても、自分の要望を繰り返すばかり。そうして根負けさせれば、相手が折れると思っているんでしょうか」

「それは、ベジャイア人によく見かけるタイプだ」

カミルの指摘に頷いている人が何人もいるってことは、ベジャイアって押せ押せの民族なのね。それは内乱にもなるわね。

「少なくとも私は、ベジャイアの精霊王と話すのは苦痛でした。会話にすらならないんですもの」

『そんな……』

がっくりと項垂れた精霊王は、そのまますっと姿を消した。

自分だけ消えないで、ベジャイアの人達を連れて帰ってくれればいいのに。

「そうか、ベジャイアに来る気はないか。帝国とベジャイアの友好に……」

「友好？　あれだけ好き勝手しておいて、よくそんなことが言えたものだわ」

「ディア」

カミルが人差し指でトントンと肩を叩いてきたので、うるさいわねと手で払いながら振り返ると、苦笑いしながら自分の背後を指さしていた。

「あ」

カミルの背後には、いつの間にか近付いてきていたアランお兄様がいて、もっとやれと言いたそうに笑顔で楽しそうにこちらを見ている。

お友達や帝国の人達、他国の賓客や精霊王まで、話すのをやめて注目していた。

「えーっと……」

皇太子やクリスお兄様も笑顔だ。

お父様は部下への指示で忙しそう。

そして、港にいる兵士達もみんな、興味津々な様子で私に注目していた。

「ベジャイアもシュタルクの方達も、先程から私に要望ばかりおっしゃっていましたわよね」

コホンと咳払いして扇で口元を隠す。

ここまで目立ったら、ガイオを追い払わないと終わらせられないじゃない。

「でも政略結婚は、お互いに得るものがないと成立しませんわ」

声のボリュームを落とし、近くにいる人にしか聞こえないようにして、皆に背を向けた。

「あなたとの政略結婚でこちらが得るものなんてありませんでしょう？　帝国に、ベリサリオに、私に、なんの得がありまして？」

「……ひとつ聞いてもいいか」

「どうぞ？」

「ベリサリオと皇太子の関係はうまくいっているのか？」

「はあ？　もちろんですわ。我がベリサリオは全面的に皇太子殿下を支持しておりますわよ」

「……くそ」

え？　どういうこと？

ベリサリオと皇族が敵対しているとでも思ったの？

ああ、それであの強気な態度か。

皇族とやりあっている時に、シュタルクやベジャイアに背後を衝かれたらまずいだろうと。

「で、ルフタネンとなら得るものがあるってわけか」

「ルフタネンというか……チョコを開発出来たのもカミルのおかげですし」

「やっぱり食い物につられて……」

なんでそこでカミルががっくりするのよ。

「違うわよ。食べ物につられたんじゃないわよ」

「わかってる。俺達は国のために付き合っているんじゃないもんな」

「え？　それはそうね。国は関係ないわね」

命令されて付き合っているわけじゃないし、損得なんて考えたことはなかったわ。

「でもまだ得はあるよ。ディアは南方諸島に行ってみたいんだろう？　それに、リルバーンやデュシャンにも行ってみたいんじゃないか？」

「それはもちろん！　きっとまだ私の知らない農産……、いえ、特産……、いえ、文化とか芸術とか」

わ、笑うな。

決して食べ物にだけ興味があるんじゃないですからね。

カミルの背後で笑っているアランお兄様やお友達も、ちゃんと見えているんだからね。

恥ずかしいから、呆れた顔しないで。

「俺なら一緒に連れて行ける。一度行ったところなら一瞬だしな」

「乗った！　絶対よ！　これからは貿易が重要なんだから。それぞれの国のいいところは残しつつ、文化交流は進めていくべきよ」

「力説しているところ悪いが……」

外国に行けるってことですっごく盛り上がってしまって、一瞬状況を忘れてしまったわ。

「皇太子殿下？　そこまで私の声が聞こえていたんですか？」

皇太子は自分の席から離れていない。

私は部屋の隅に近い壁際。

だいぶ距離があるし、小声で話していたのに。

「悪い。ガイオがまた変なことを言い出すかもしれないと思って、風の魔法でみんなに声を届けてた」

「アランお兄様……」

「まさか、ここでカミルといちゃつくと思わないだろう」

「い、い、いちゃついてなどいません！」

うわー。みんなに聞かれていたの？

カミルも気付いてなかったのか、手で顔を隠して俯いてしまっているけど、耳が真っ赤だ。

やめて。カミルが照れると、余計に恥ずかしい。

思わずカミルとアランお兄様の背後に回って、同化したくて壁に引っ付いた。

「こちらは気にせずに、どうぞ」

アランお兄様に話をふられて、皇太子は呆れ顔だ。

すっかり場が緩んでしまった。申し訳ない。

「この転移魔法もディアの魔力を使っている。そろそろ閉じないといけないんだ。ベジャイアとシュタルクの関係者はすぐに行動してくれ。帰りはこちらだ。確か両国とも、港に船を停泊中だったな。きみ達は全員、このまま船に戻ってもらう。船内にいる限りは行動は自由だ。ベリサリオ辺境伯、あとは任せる」

港の風が部屋の中まで吹き込んで、波の音と潮の香りがする。

呆然としていた人達は、少しずつ驚きから覚めて、不安そうな顔で自国の人と顔を見合わせていた。

そりゃね、転移魔法を見るのも初めての人達を前に、壁一面を港に繋げちゃったらね、驚くよねー。

その転移魔法を維持しながら、普通に喋っちゃっていたしねー。

「ば、化け物が」

護衛に支えられてどうにか立っているくせに、シプリアンが苦々しげな声で吐き捨てた。

「あら、ようやく気付いたの？」

にっこりと笑顔で答えてあげる。

「精霊王に後ろ盾になってもらうような子が、普通の女の子のわけがないでしょう」

「ひっ」

自分で喧嘩を売るようなことを言い出したくせに、私が答えたら死にそうな声を出すのはやめてほしいわ。

「聞こえなかったのか。さっさと移動してくれ」

「彼らを船まで送ってやれ」

私を化け物呼ばわりして、クリスお兄様とお父様が放っておくはずがない。

お父様に命じられて、兵士が七人ほど部屋の中に足早に入り、シュタルク一行を取り囲んだ。

「歩かないなら引きずっていけ」

皇太子も容赦ないな。

「き……きさま、私にこんなことをして、ただで済むと思っているのか！　私はシュタルクの王子だぞ！」

「その言葉、そのまま返そう。この帝国で、俺や妖精姫にそんな態度を取って、国が無事でいられると思っているのか」

「わ。私はシュタルクの……」

「滅亡しかけている国が過去の栄光に縋りついて、自分達は特別だと勘違いしているさまは滑稽だな」

「な……な……」

「参りましょう、殿下」

アルデルトが冷ややかな声で言った途端、シプリアンは大きく目を見開いて口を閉じた。

「失礼します」

アルデルトが歩き出すと、護衛がシプリアンを引きずりながら後に続き、最後にギヨームや関係者が暗い表情で歩き始めた。

「俺達も行くか」

ガイオがベジャイアの人達に顔を向けると、彼らも立ち上がり歩き出したが、ガイオを見る視線に怒りが滲んでいる。

ベジャイアまで帰らなくてはいけなくなったのは、ガイオのせいだもんね。

でも止められなかった責任はあると思うよ。

「ああそうだ。両国に言っておきたいことがあった」

唐突に皇太子が言い出したので、ガイオもシュタルクのメンバーも足を止めた。

「両国とも大事なことを忘れている。ディアはまだ十二歳だ。帝国では十五で婚約が許され、よほど特別な理由がない限り十八歳で結婚する。ベリサリオとしては、妖精姫は十八まで手放す気がないのではないかな」

「当然だ。妹は十八までは結婚しない」

すかさずクリスお兄様が頷き、

「結婚後も、ディアが好きな時にベリサリオに帰れる状態を作れる相手しか、私は結婚を認めない」

お父様まで力説した。

「だそうだ。つまり、妖精姫が嫁ぐのは六年後だ。それまでに精霊王が協力的なベジャイアは復興が終わっているだろう？　シュタルクは六年も今の状態を続けたら、とっくに国が消えている。両国とも、ディア頼みをしようとしても無駄だ。もちろん私も、ディアの両国との婚姻は認めない。それを帰って国の首脳部に伝えてくれ」

様々な表情で皇太子を見ていた一行は、兵士に押されて港へと歩き出した。

のろのろと力のない足取りで歩く一行の中で、ガイオとアルデルトだけが平然と前を見て歩いている。

彼らの後ろ姿をちょっとだけ見送り、転移魔法を解除しようとして、こちらを振り返ったアルデルトと目が合った。

あの灰色の瞳、前にどこかで。

「あ、思い出した」

ルフタネンで囮になって街を動き回っていた時、二カ所で黒髪に灰色の瞳の同じ人間を見かけたんだ。顔つきがルフタネン人じゃなかったから気付いて、目つきが不気味な感じがしたんだった。

「ストーカー？」

あの時、私が彼に気付いたことに彼も気付いていたとしても、再会出来たと表現するのはおかしいでしょ。

「ディア？　ストーカーってなんだ？」

命を狙われる危険のあるカミルに、これ以上負担はかけたくない。

私は笑顔で、何でもないよと首を横に振った。


英雄とは……？


それからは平和なお茶会になった。

最初のうちは、ほとんどの人が私を前にすると緊張していたけど、順番に三か国の席を移動して精霊王ともお話していているうちに、怖くないとわかってくれたみたいだった。

私は理不尽なことをされたり、大事な人達を傷つけられたりしない限り、基本的に平和主義者ですよ。

争うより、貿易や観光で互いの国が潤う方がいいに決まっているでしょう。

カミルは明後日の正式な誕生日の催しに参加するために、片付けなくてはいけない仕事があるそうで、すぐにルフタネンに帰っていった。

十四歳の子が仕事で忙しいってどうなのよ。

私は毎度のことながら夜会には出席する必要がないので、アランお兄様と一緒にベリサリオに戻った。

ベジャイアとシュタルクを監視するために、グラスプールに詰めていたお父様も城に戻り、夜会に出席しているクリスお兄様以外は全員での夕食だ。

小さい頃は両親がいなくて兄弟だけでの食事が多かったのに、今はクリスお兄様がベリサリオにいる時間がぐっと減ってしまって、両親は社交の季節ですら領地にいることが多くなっている。

それだけ両親が歳をとって落ち着いたと言えるし、出席する夜会を吟味するようになったとも言えるし、夜会に出なくても特に問題ないくらいに確固たる地位を得たとも言える。

来年アランお兄様が成人したら、今度はクリスお兄様と入れ替わりでアランお兄様がいなくなってしまうのよね。

クリスお兄様は休日前や時間のある時は、こまめに城に戻って来てくれるけど、アランお兄様はそう度々は帰って来られないんだろうな。

皇太子の護衛に就いたら、待機していないといけない夜もあるでしょう。今のようには会えなくなってしまう。

ちょっとさ、早すぎよね。

十八になってからでいいんじゃないの？

そりゃあ若い子は皇都に集まりがちで、領地に引っ込んでばかりの私の方が少数派なんだけども。

お友達に会うのも、今では互いの領地に行くより、皇都のタウンハウスに集まるようになってしまったもんなあ。

「父上、ベジャイアとシュタルクは、ベリサリオが独立のために兵を起こす可能性があるほど、皇族と仲違いしていると思っていたようですね」

うえーん。せっかくの美味しい食事が不味くなるよー。

そういう話は、あとでじっくりとふたりでやってよ。

私は、今日はもう頑張った。頑張りすぎた。

だから食事中は楽しい話題をしたい。

「そのようだな」

「嘘の情報を流したんですか？」

「そんなことはしないよ。ディアが皇族ではなくルフタネンの公爵を選んだと聞けば、事情を知らない他国の人間は、皇太子はベリサリオが邪魔なのか、それとも皇族の力が落ちているのか……そう考えるだろう？」

「私のせい？」

皇太子がベリサリオの力が強まるのを嫌って、私を他国に嫁がせることにしたか、ベリサリオが皇族を疎んじているから娘を嫁に出す気がないか。どっちかだと思ったってことだよね。

「私はちゃんと説明したんだよ。ディアはどこの国の人間であっても王位継承者には嫁ぐ気がないとね。でも信用してくれないんだ」

「貴族の女の子の夢は、王子と結婚することだって思っている人は多いでしょうね」

帝国の場合は皇子だけどね。

私さ、皇太子がモテているところを見たことがないのよ。

エルドレッド殿下は……女の子に囲まれてたっけ？　興味なくて見てなかったな。

「ちゃんとモテてるよ。妖精姫が傍にいる時は、勝てる度胸がなくて女の子が寄ってこないんだよ」

アランお兄様、私に勝つのになんで度胸がいるんですかね。

「皇太子殿下はもっとモテてるよ。兄上と一緒にいる時なんて、女の子に囲まれて動けなくなるらしいよ。側近達が道を作って誘導しないといけないらしい」

「うわー。側近が気の毒だわ。でももう婚約が決まったんだし、落ち着いたんじゃ」

「いやあ、今頃も大変なことになっているんじゃないかな。スザンナやモニカが夜会に出席出来ない今が最後のチャンスだって、誘惑しようとする女の子がいるみたいだよ」

誘惑したってさ、相手はノーランド辺境伯やオルランディ侯爵の御令嬢よ。

やっぱり婚約しませーんなんて出来るわけないじゃない。

「私のお友達を裏切ったら、たとえ皇太子でもクリスお兄様でも許しませんよ」

「僕に言われても困るよ。ともかく、ベジャイアもシュタルクも、勝手にベリサリオが独立すると勘違いしていたということですか？」

「いや、そこはほら。あまりに妖精姫を寄越せとうるさいからね、ベリサリオに入り込んで諜報活動をしていたやつらに少しだけ……」

やっぱり騙したんじゃないかー。

「今日の彼らの態度で、リルバーンもデュシャンも海峡の向こうの国々がどういう国か理解出来ただろう。もう報告が各国に飛んでいるはずだ。これで何かあった時も、非があるのはベジャイアやシュタルクだと言いやすくなった」

「まさか本当に戦が起こるんですか」

え？　嘘でしょ。

「こちらからは起こす予定はないよ。だがシュタルクは特にボロボロだからね。自棄になって何をするかわからない。ニコデムスが宮廷内にまで入り込んでいる以上、何かあったら徹底的に潰してしまいたい」

そのための大義名分がほしかったのか。

ニコデムスってあらゆるところに侵入して、侵食して、周囲に悪い影響を与えて、まるで病原菌みたいだわ。

「それにしてもガイオでしたっけ？　ディアとスザンナを侮辱するなんて許せないわ。私もその場にいたかった」

お母様は食事の時でも、所作が美しい。

お妃教育の手伝いを頼まれるのも納得よ。

でも美しくナイフで肉を切り分けながら、にっこりと口元に笑みを浮かべるのはこわいです。

「あれで英雄って、戦争がなくなったらどうするつもりなんでしょう」

アランお兄様は、ともかく食べる。

クリスお兄様も細身の割にたくさん食べていたけど、アランお兄様の食事量に比べれば可愛いもんだ。

前世で男兄弟がいなかったから、成長期の男の子の食べる量には本当にびっくりしたわ。

「英雄って、どういう人間だと思う？」

お父様に聞かれて、私もアランお兄様も食べる手を止めて首を傾げた。

「戦争で功績をあげた人じゃないですか？」

「お爺様は戦争していないけど英雄と言われているじゃないですか」

「あ、そうか。でも功績はあげているよ」

「そうだね。功績は大事だ。でも多くの英雄は、意図的に作られるんだと私は思うよ」

作る……英雄を作る？

「ニコデムスのせいで精霊の数が少なくなったと聞いていても、自分の周りにあまり変化がない平民達は、内戦するよりは国王の統治のままでいいと思うだろう。ペンデルスとの戦いで影響が出ていたのは国境沿いだけだし、ルフタネンには攻め入ったから、国内には直接影響がないしね」

「兵士の損害は大きいですよね。農民も駆り出されたんじゃないですか？」

「だから余計に、これ以上戦いたくはないだろう？」

「……そうですね」

パンを握ったままの手を顎に当てて、アランお兄様は真剣な顔で頷いた。

「たしか内乱で先代が亡くなって、二十九歳の公爵が後を継いで王家と戦ったんですよね。だいぶ人気のある公爵だと聞いています。その公爵の軍で先陣を切って、数々の戦いで功績をあげたのがガイオでしたよね」

あ、そうか。広告塔だ。

「若い公爵と、彼に賛同して功績をあげた青年の英雄。しかも見目がいい」

「あー、物語としては人気になりそうだね」

「そういうことだ。英雄は作れる。新しい時代を作る若い指導者と見目のいい英雄の活躍は、すぐに国中の話題になっただろう。彼らと共に戦いたいという志願兵も多かったんじゃないかな」

「その英雄が妖精姫を妻にしたとなったら、ベジャイアの国民は喜ぶでしょうね」

冷ややかーなお母様の声に、静かな怒りが伝わってくるわ。

だからベジャイアは私と縁組したいのか。

それで精霊が増えて、精霊王との関係も強固になったら一石三鳥くらいはあるもんね。

「でも妖精姫に嫌われて、ベリサリオを本気で怒らせた英雄はどうなるのかしら？」

「次期国王になる予定の公爵次第だな。どの程度、ガイオを買っているのか。親しいのか」

「戦争が終わった後の英雄は、処遇に困ることが多いですし」

「帝国と外交させようとして大失敗か」

両親の会話を聞きながら、私は別のことを考えていた。

英雄は作られるっていうなら、もしかして将軍は？

エーフェニア様としては、結婚相手に功績が欲しかったのよね。

バントック侯爵としても、派閥の力を拡大させるために将軍の存在を利用したかったはず。

ちらっとアランお兄様を見たら、気付いたお兄様は片目だけ細めて嫌そうにこちらを見た。

「なにを言い出そうとしてるの？」

「帝国にも似たような話があるのかなあって」

「今更、どうでもいいじゃないか。何も変わらないよ」

そうなんだけどね、だとしたらそれをネタに脅されて、実家に強い態度を取れなかったってこともあったのかなって。

アランお兄様の言う通り、それで何か変わるわけじゃないんだけどさ。

やっぱり権力の中心って怖いよね。やだやだ。

「こうなるとディアがカミルと親しくなっていてよかったな」

「そうね。あなた、ちゃんとルフタネンの国王陛下にご挨拶しないと」

「へ?!」

ど、どどどして急にそんな話になるの⁈

「国王陛下の第一子は男の子だったから、これでカミルが王位継承者に戻る可能性はだいぶ減っただろう？　もう何も問題はないんじゃないか？」

「それはそうですけど……」

「私はね、今日の他の子の様子を見てもう彼しかいないなと思ったよ。ベジャイアとシュタルクは論外だし、リルバーンは連合国だから、どこか一カ所の国と妖精姫が縁組したら、力のバランスが崩れる危険がある。デュシャン王国は……寒いのは嫌なんだろう？」

うう……くだらない理由でごめんなさい。

でも、結婚してからの方が人生長いんだもん。私にとっては重要なの。

「帝国内にも、骨のある男はもういないようだ。とてもディアをまかせられない」

お父様がいつの間にかカミル推しになっていた⁈

お母様がカミルのことを気に入っているのは知っていたけど、いつの間にかお父様まで？

もしかしてお母様に説得された？　相変わらず尻に敷かれているな。

「皇太子殿下と兄上が仕切っている場で、口を挟める人はいないと思いますよ」

「それでは駄目だろう。まだ成人していない子供達は仕方ないが、あの場には高等教育課程の生徒が何人もいたんだぞ」

アランお兄様の意見はもっともだと思うんだけど、それでもお父様の考えは変わらないみたい。

いやー、ガイオやシプリアンは濃いし、精霊王はうじゃうじゃいるし、私は化け物じみてるし。

そこで何かしろと言われてもなあ。気の毒だわ。

「明後日、カミルもこちらに来るんだったな。皇宮に行く前に城に寄ってもらって、今後の予定を話そうか」

「それがいいですわね」

「え？　明後日ってすぐじゃないですか！」

急ぎすぎでしょ。

婚約は十五なんだから、そんなに慌てなくていいんじゃないの？

自分が婚約するって、全然現実味がないのよ。

周りばかりが盛り上がって、ついていけてないの。

それにカミルも待っていてくれって言ってたのよ？　急いだら困っちゃうんじゃない？

「問題あるの？」

「問題というか……そんなに急がなくても。カミルは私のせいで命を狙われているみたいだし」

「だったら余計に急いだほうがいいわ。ベリサリオとルフタネンで協力体制が取れるでしょ？」

婚約ってなると、個人の問題じゃなくなってくるよね。

家と家の繋がりだし、私達の場合、国と国の友好関係にも影響がある。

大丈夫なの、私。

十八になって結婚する時まで、カミルのことをちゃんと好きでいられるの？

ああ。こういう時は中身の年齢が足を引っ張る。

ネットやテレビで失敗した結婚の話を毎日のように見聞きしてて、すっかり臆病になっていた。

独りのほうが気楽だったし。

「ディア、迷っているの？」

「なに？　カミルを好きなんじゃないのかい？」

カミルは好きだけど、たぶん私には小説に出てくるような、燃えるような恋って無理なんだと思う。

一か月以上会えなくても、私も忙しいからか割と平気だもん。

会いたいとは思うよ？

でもそれより、あれ、カミルとは今、付き合ってたんだっけ？　両思いだっけ？　って、そこからわからなくなっているというか。

「そういえば……ディア、カミルとゆっくりお話出来たのって、ここ最近ではいつ？」

お母様に聞かれて首を傾げた。

ゆっくりって、どのくらいの時間を言うんだろう。

「えーっと、ルフタネンに行った時ですかね」

「そんな前なの？」

「カミルは忙しいみたいで、いつも商会の仕事の合間に少し話したり、帝国に来てもすぐに帰ってしまうことがほとんどで」

「兄上が聞いたら怒り狂うな」

でも西島復興や南島のカカオ増産や、国王の手伝いまでやっているんでしょう？

忙しいのは仕方ないわよ。

「国王の手伝いを成人前の子供がやらなくてはいけない国というのは、どうなのかしら？」

「兄上も……」

お母様の視線を受けて、アランお兄様は言いかけた言葉を呑み込んだ。

「クリスは皇都で、ちゃんとスザンナと会っているわよ」

それに関しては驚かないわよ。

お兄様達のマメさは妹の私がよく知っている。

ただ、それをお母様が知っているのは意外だわ。

クリスお兄様が報告するわけがないから、スザンナと会って聞いているのかな？

「ディアにはカミルとゆっくり話す時間が必要だと思うわ。転移魔法ですぐに来られるんですもの。距離は言い訳にはならないでしょう」

「そうだな。明後日にそういう話もしようか」

「ダグラスが全属性の精霊を揃えたと言えば飛んできますよ」

アランお兄様は誰の味方なんだ。

他人事だと思って楽しんでいるだろう。

「そうだ、ディアにアルデルトの話を聞きたかったんだ」

アランお兄様に言われて思い出した。

報告は大事だわ。

「アルデルト？　あのペンデルス系の男か」

「ペンデルス系？」

怪訝そうな両親に、ルフタネンで二回もアルデルトを見かけていたこと。

挨拶さえしていないのに、再会出来たとか、やっと会えたとか言われたことを話した。

「それは、他に誰に報告したんだ？　クリスや皇太子殿下は知っているのか？」

お父様に聞かれて少し考えて、首を横に振った。

「まだ誰にも話していません」

「カミルにも話してないのか？　あの時隣にいただろう」

アランお兄様に呆れた様子で言われてしまって、両親まで驚いた顔でこちらを見た。

でも、だってねえ。

「カミルは忙しいし、私のために命を狙われているのに、余計な心配をさせたくないじゃないですか」

「ディア……あなた本当にわかってないわね」

思いっきりお母様にため息をつかれてしまった。

「明日、ちゃんと話しなさい」

「でも……」

「あなたが話さないなら、私から話すわ」

そんなに重要な話かな。

私は狙われても平気なのに。

恋愛初心者

カミルと会うのはたいてい商会の用事で、突然やってきて突然帰ることが多かったので、彼に会うためにおしゃれをするなんてことはなかった。

でもそこは高位貴族の御令嬢だから、城にいる時に着ている普段着用のドレス姿でも、メイドが毎朝用意をしてくれるので、決して見苦しくはないのよ。

「やはりディア様はどんな色でもお似合いですね。髪留めに合わせた若草色がとてもお似合いです」

カミルに会うために着飾るって、デートみたいで恥ずかしいったらない。

そんな気合入れたの？　って、驚かれたりしない？　大丈夫？

「さすがシンシア。ディア様に何が似合うかよくわかっているわ。参考にしなくては！」

「ネリーが気合入れなくても……」

「何を言っているんですか。カミル様はあなたに会うために、わざわざ帝国に来る時間を早めてくれたんですよ。綺麗にするのは当然です」

「あんな小さな赤ちゃんだったディア様が、恋人のためにおしゃれするようになるなんて……」

そりゃあシンシアには、おぎゃあと生まれた時からお世話になっているけど、男の子と会うくらいで泣きそうにならないで。

ふたりとも違う方向性でテンションが高くて、レックスが迎えに来てくれてほっとしたわ。

部屋まで同行するのはレックスとブラッドだ。

部屋の扉は開けられていて、そこにアランお兄様が立っていた。

「兄上、ディアが来たよ」

中にクリスお兄様がいるの？

城からわざわざ来て、カミルと何を話しているのさ。

「まあ頑張れ」

「どうせまたあとで会うだろう」

「ああ、そうだったな」

クリスお兄様とカミルは笑顔で言葉を交わしていた。やっぱりけっこう仲良しよね。

立ち上がって部屋を出てきたクリスお兄様は、私の姿に気付くと、顔から足の先まで視線を移して、また顔を見た。

「あいつのために、そんなに可愛くならなくてもいいだろう」

不満そうに言う声を聞いて、少し安心してしまったわ。

いつものお兄様だって。

「ディアはいつでも可愛いよ」

「知っているよ。それなのにもっと可愛くする必要はないだろうって話だ」

「褒めてくれるのは嬉しいんですけど、ふたりして道を塞いでます」

前はお兄様ふたり。後ろは執事がふたり。

みんな背が高いから、私は壁に挟まれているみたいよ。

「皇宮に行かなくちゃいけないんだから、そこで時間を取らないでくれないか？」

お兄様達の後ろにカミルも来て、ふたりの間から私を見て目を見開いた。

「……確かに可愛いし似合っているし、俺に会うために可愛くしてくれたなら嬉しいけども、それよりも話しておかないといけないことがある」

「全部言ってるじゃないか」

「カミル、怒ってるの？　どうして？」

「今の台詞で怒っているとわかるのか⁈」

クリスお兄様に本気で驚かれたけど、普段は私には目つき悪くならないから。

声だっていつもより低い気がするし。

「ディアが話し忘れるといけないから、兄上がアルデルトのことを話したんだよ」

「うっ……」

「兄上、僕達は向こうに行こう」

「ブラッド、レックス。カミルがディアに不必要に近付いたらぶっ飛ばせよ」

「そんなことしたら、僕達がお嬢に張り倒されると思うんですけどね」

レックスは私の背を押してさっさと部屋に入り、ブラッドはカミルが室内に入るのを待って扉を閉めた。

この部屋は来客用の部屋の中でも一番窓から見える景色が素敵で、ここに案内されれば、うちの家族にとっては大切な客人だと、ベリサリオの城で働いている人達の共通認識になる部屋なの。

壁の一面を占める大きな窓の外には広いルーフバルコニーがあり、そこからベリサリオの街とその向こうに広がる青い海を一望できる。

丘の上の一番高い場所にある城の三階だから、視界を遮るものが何もないのよ。

広いバルコニーや大きな窓の雰囲気は、ルフタネンの建物と近い雰囲気があるかもしれない。

窓から外を眺められる位置に小さな丸いテーブルと椅子が置いてあるので、そこでお茶にしようかと思っていたんだけど、執事達が私を案内したのは、先程カミルがクリスお兄様と話していた部屋の中央にある応接セットのソファーだった。

私とカミルが並んでソファーに座れるように、ブラッドがさりげなく案内してくれているみたいだから、ここでいいのかな？　と、なんとなく部屋を見回したら、奥の壁際にエドガーが借りてきた猫のように息をひそめて立っていた。

「私がこのようなことを話す立場ではないとわかっているのですが、少しよろしいでしょうか」

私達がソファーに並んで腰を下ろしてすぐに、テーブルの向こう側の椅子と椅子の間にブラッドが跪いて話し出した。

「椅子に座ったら？」

「そうだよ。かまわないよ」

「いえ、これでけっこうです」

カミルもいいって言っているのに、真面目ね。

外国の公爵様がお客様だから、平民で執事のブラッドが勝手に口を開くだけでも、本来は問題ありなんだけど、カミルはそういうのは気にしないし、もうすっかり顔馴染みなのに。

「話とはディアのことかな？」

「おふたりのことです」

「きみが話すということは、ディアのためになることなんだろう？　聞くよ」

カミルとブラッドの会話を聞いているだけなのに、居心地が悪い。

何度もソファーに座り直しちゃう。

「私は結婚して子供もいますが、今の妻と結婚するまでに何人もの女性に振られてきました。冒険者をしていましたので、依頼があれば街を離れて連絡がつかなくなることも多かったんです」

なんで急にブラッドの身の上話？

しかも女性の話？

「忙しくても少しでも時間が取れれば街に戻り、恋人には会いに行っていました。ほんの短い時間でも、会って顔を見られれば嬉しくて、また仕事を頑張ろうという気になったものです」

「うんうん」

カミルが隣で何度も頷いている。

そういうものなの？

髪飾りを持ってきてくれたときもそうだけど、すぐに帰ってしまうから、そんなに忙しいならこの時間に寝た方がいいんじゃないかなって思ってたのに。

それでも、私の顔を見る方が重要な時があるのかな。

「でもそれでは自分は満足しても、女性側は不満が募るそうなんです」

「え？」

「女性は次に会う日を約束して、その準備をする間も楽しいんだそうです。当日も恋人のためにおしゃれする時間も重要なんだそうで……」

やめろー。いっせいにこっちを向かないで。

だいたい高位貴族令嬢の周囲に、女性が誰もいないこの空間はおかしいでしょう。

妖精姫なんて目立つ存在になっちゃったから護衛が出来る者がいないと駄目で、商会の仕事をやっているせいで、侍女だけではフォローしきれない私が悪いんだけどね。

でもジェマやネリーはどうしたの？

もしかしてふたりともカミル贔屓過ぎて、クリスお兄様に排除されたとか？

クリスお兄様は諦めたって言ったり、さっきみたいにカミルと仲良く話していたりするくせに、なんでときどきそういう意味不明なことをするの？

複雑な男心か何かなの？

「おしゃれも何もしていない時に突然押しかけてきて、会いたいと思った時には会えない男は、恋人としては失格だと言われました」

それは、なんて言ったらいいか。

お気の毒に？

「お嬢だって今日のようにおしゃれする時間があった方が嬉しいのでは？」

「え？　私は別に。もう何回も普段着を見られているし、今更私が着飾ったりおしゃれに力を入れたりしたら、むしろ引かれない？」

三人揃って、注目からの残念な顔へのコンボはやめなさい。

なんでカミルまで交ざってるのよ。

「引くわけないだろう。嬉しいよ」

「むしろそこで引く男は、お嬢のことを愛していません」

「だから引かないよ」

ブラッドとカミルが身を乗り出すようにして力説するので、私としては頷くしかない。

レックスは口元に手を当てて、私と視線を合わせないように横を向いている。

さっきから視線が合わないのは、笑っちゃいそうになっているからか。

「でも普段着でも可愛いし、化粧なんてまだ必要ないだろう？　あんまり綺麗にすると、この間の学園関係者の茶会の時みたいに、男達がチラチラ見ていて気に食わない」

「ああそういえば、あれってお茶会だったわね」

ガイオとシュタルクの関係者や精霊王達が強烈すぎて、他の人達の顔なんて全く覚えてないわ。

「それに、いつもは積極的なお嬢なのに、自分からルフタネンには行かないですよね」

「え？　それはだって、迷惑になるでしょう？」

「誰の迷惑？　僕の周囲のやつらはみんな大喜びするよ。もうディアのための屋敷も出来上がっているんだし、一度は来てもらいたいと思っていたよ」

私のための屋敷⁉

あの王太子、いやもう国王だったわ。

本当に店の近くに私の屋敷を建てたの⁈

「きみの場合、北島と南島には入国審査もいらない。誰か連れてくる時には、その人の分は屋敷で手続き出来るようになっている」

「そ、そんな申し訳ないわ」

「なぜ？　むしろそれだけルフタネンは、きみに来てほしいと思っているってことだよ」

それでも友達の家に気軽に遊びに行くのと、彼氏の家に突然押しかけるのとではハードルの高さが違うでしょう。

そう考えるとカミルはすごいな。

お父様やお兄様達がいるのに、商会の仕事も半分はあっても、月に何回もベリサリオに来ているもんね。

「それにご主人様は、恋人には毎日でも愛していると伝えることが大事だとおっしゃっていましたよ」

「レックスー！」

突然、何を言い出しているんだー！

「ナディア様はもうわかっているわよって笑っていらっしゃいますが、とてもお幸せそうですし、そういう言葉が女性を美しくするのだとジェマが言っていました」

「そうなのね。つまりレックスは恋人に会うたびに愛してるって言うのね」

「私はひとり身ですので」

「あなた、私にずっとついてくるって言ってたじゃない。恋人が出来たら相手に確認するからね！」

「ぇーー」

おい、そこの執事、ブラッドを見習え。

その態度はなんなんだ。

「それは大丈夫だろう。先程からカミル様は、息をするように可愛いを連発しておられる」

「確かに」

「いいからあなた達はもう下がりなさい。あまり時間がないのよ」

「そうだった。アルデルトを二回も見かけていたのになぜ話さなかったのか、ゆっくり説明してもらわないと」

うっ。墓穴を掘った。

そうだ、その話題があったんだった。

「では、我々は失礼します」

ブラッドもレックスも、こういう時ばかり空気を読んで壁際に下がらなくていいのに。

ふたりだけになった途端にカミルの精霊獣が小型化して顕現して、私達の周りに防音の魔法を厳重にかけ始めて、それに対抗して私の精霊獣まで魔法を使い始めた。

「いいの、そんなに重ねがけしないの」

もちろん私の執事も、カミルについて来ているエドガーも、同じ部屋の中にいるのよ。

私達の視界から消えただけ。

「あ、向こうに移動しない？　海を見ながらお話しましょう？」

無言でお茶を飲み始めたカミルの横顔を見ていると落ち着かなくて、腰を浮かせながら言ったんだけど、首を横に振られてしまった。

「で？　なんで話さなかったんだ？」

「カミルだって、命を狙われているって話さなかったでしょ？」

少しカミルから離れて座り直して、正面を見てティーカップに手を伸ばす。

彼を見るから落ち着かないのよ。視界に入れなければ大丈夫。

それでも、カミルが体ごとこっちを見ているのが、ちらちら視界の端に入るのよね。その目力は弱められないの？

「それは……俺は平気だからだ」

「私も平気よ。誰に狙われても私ほど平気な令嬢は他にいないわ」

「それでも心配だろう」

「私は心配しないとでも思っているの？」

むっとして言いながら、ついついカミルの顔を見てしまったら、驚いた顔をしていた。

「なんで驚くの？」

「いや……瑠璃様からシロを借りているし、精霊獣もいる。勝手に暗殺者が近付いてきて勝手に排除されているというか……護衛は捕まえた犯人を引き渡したり尋問したり忙しいんだけど、俺はなんの問題もないんだよ」

「なら私も」

「ディアは戦った経験がないだろう？　いざという時に反撃出来るのか？　それに、ディアの周りには戦えない女性もいるんだ。大事な友達もいるだろう。ニコデムスもシュタルクも、きみを手に入れるためなら手段を選ばないと思う」

思わずぞっとしてカップを置いて腕を摩《さす》った。

幸いなことに辺境伯ということで、いざという時のために城内に居住区域があるから、私のメイドや執事は城内に住んでいる。

子供達だって家族だって、みんな城内で生活しているから安全なはず。

でもお友達は？

……いえ、大丈夫よ。みんな高位貴族の御令嬢だもの。護衛がちゃんとついているわ。

「それも、カミルだって一緒よ」

「だから俺の周りには戦えないやつはいない」

「その人達の家族は？　子供は？　今はいなくてもキース達だっていずれは結婚するでしょう？　私と関われば、一生その心配は続くのよ」

「ディア」

真剣な眼差しで不意に手を握られて、びくっとしてしまった。

「ばれるから普通にしていて。手だけならソファーの背凭れで隠れて見えないから」

「え……ええ」

今、ちょっと笑ったでしょ。

慣れていないんだからしょうがないでしょう。

振り返ってブラッドの顔を見てしまいそうになって、慌てて堪えた。

握られている左手にも視線を向けたいけど、それもためらわれてしまう。

カミルの手って、こんなにごつごつしていたかな。

熱いくらいに温かくて、私の手はすっぽりと包まれてしまっている。

「ばれても平気だとは思うけどね。窓際だとひとりがけの席で、距離が遠いだろう。だからブラッドはここに案内してくれたんじゃないか？」

そこまでは考えていなかった。

さすが嫁がいる男は違うわね。

「俺は、自分と周囲の身を守れるように動いていたんだ。それでディアと会う時間が取れなくなっていたけど、もっと会えるようにするよ。どんな危険があってもきみと離れるなんてありえないから」

「でも……」

嬉しいけど、やっぱり心配だ。

まだ十四歳の彼にそんな重荷を背負わせていいのかな。

「でもじゃない。それとももう俺がいやになった？」

すぐそばから見つめてくる黒い瞳はとても澄んでいて綺麗だ。

真剣な顔になっているせいで、少し目つきが悪くなっちゃっているけど、そういう顔も魅力的だと思う。

カミルは来るたびに異国の話をしてくれて、短い時間でも彼と過ごす時間はとても楽しい。

それに…………やっぱり好きだし。

「いやじゃない」

「だったら、ちゃんと話してほしい。俺も話すようにするよ」

「でもあの……待っててくれって言ってたじゃない？　お父様がすっかり乗り気になってしまって、もう他国にも娘をまかせられる男はいないから、婚約は十五になってからでも、挨拶は済ませておきたいって」

「その方が俺もありがたい」

「え？」

「まさか恋愛に関してだけ、きみがこんなに消極的になるなんて思ってなかった。不安にさせたり、離れようなんて考えられてしまうより、話を確実なものにしてしまいたい」

うう……むしろ心配事を増やしてるよね。ごめんよー。

恋愛だけは、前世の記憶が全く役に立たないんだよー。

「って、ちょっと、手を撫でないでよ」

「あ、すべすべして手触りがよかったから無意識に」

言いながらも撫でるのはやめなさいよ。くすぐったいから。

みんなに隠れて手を繋いで、しかも手の甲や指を撫でられてるって、薄い本でありそうなシチュエーションよね。

うわーやめろ、私。そんなことを考えたら顔が赤くなるから。

「ディアは、まだそこまでは話を進めたくないのか？」

「……え？　あ、いえ」

手を撫でまわされると落ち着いて話を聞けないから、ぐっと拳を作って防御したら、カミルの眉が不満げに寄せられた。

「……確かに少し早いけど、ルフタネンでは十四くらいで結婚する子もいるからなあ」

「帝国の法律では、特別何か理由がなくては、十八までは結婚出来ないわ。まだ六年あるのよ？」

「その間に心変わりするってこと？　ディアって、前世では何人くらいと付き合ったんだ？」

「え？　カミルが初めてだけど」

答えた途端に、カミルの表情がぱあっと明るくなった。

さっきから手を広げさせようとしていた動きも止まった。

「じゃあ、こうして恋人と手を繋ぐのも、プレゼントを贈り合うのも、婚約するのも全部初めて？」

「そうね」

「そうか……初めてか」

「初めてって連呼されると……なんかエッチだ」

「え？　何？」

「なんでもないわ！」

「俺が初めてってことは、あまり恋愛に縁がないんだよな。それなのに、六年で心変わりするのが心配なのか？」

「私じゃなくて、カミルがね！」

「それはないな。ディアみたいな子は他にいないだろ」

なんでよ。ルフタネンにだって可愛い子はいっぱいいるでしょう。

優しい子も、楽しい子も。

「精霊王と仲が良くて、商会の仕事をバリバリやっている子なんていないよ」

「そっち？」

「一緒に商会をやれるのが楽しみなんじゃないか。旅行に行こうって話したばかりだよね。もう忘れているんじゃないよな」

忘れてないよ。

それでもちょっと不安になるのよ。

こうして会っていると、心配するなんて馬鹿だなって思うけど。

恋をするって、思っていた以上に大変だわ。

「第一、ディアみたいな子が他にもいたら、この世界が大変だ」

「どういう意味よ」

カミルは笑いを漏らしながら、機嫌よさそうに今度は両手で私の手に触れた。

その触り方が、力を入れたら壊してしまうと思っているような、大事そうな触り方なのよ。

私はまだ拳を握ったままで、その手をカミルが両手で包み込んで手の甲を撫でている。

いまだに女の子相手の時の力の加減がわからないのかしら。

いつの間にかカミルの手を見てしまっていて、カミルも釣られて下を見てしまって、ブラッドの白々しい咳払いではっとして、少しだけ離れて座り直した。

手は繋いだままで。

「じゃあ、話を進めてもいいのかな？」

「そうね。シロもいるし大丈夫よね」

『呼んだー⁉』

不意にカミルのバングルが消えて、見慣れた白いモフモフが空中に姿を現した。

『ひどいよー。呼ぶの遅いよー』

「呼んでない！」

『ディアーー‼　カミルがひどいよー』

文句を言いながらシロが飛びついてきたので、自由な方の手で抱き留めた。

『ディアはいい匂いがするー！』

「こ、この！　なんでディアに抱き着くんだよ」

なんというか、力が抜けたわ。

とっても真剣に不安になっていたのが馬鹿らしいというか。

これでカミルが心変わりしたら？

帝国でもルフタネンでも生きていけなくなっちゃうわよね。瑠璃も許さないと思う。

彼としてはもう、とっくに覚悟が決まっているのかも。

『やーい。羨ましいだろう』

「う……呼んでないからバングルに戻れ」

『忘れているみたいだから教えに来たのにー？　話を進めるなら、瑠璃様にも挨拶しなきゃダメだよ。他の精霊王もきっと来るよー』

ですよねー!!

「そうだったわ。この後、お父様から話がしたいって、家族が揃って待っているんだけど」

「お、おう。わかった」

カミルってば背筋を伸ばして襟元を整えて、すっかり緊張しちゃったみたいだけど、本当に大丈夫？

「ルフタネンにも行って、国王陛下に挨拶したいって」

「それはいつでもいいよ。ああでも、きっと大歓迎したがるから、余裕を持ってきてほしいかな。どうせカフェがオープンする時に来るんだろう？　来年の初夏にはアンディの戴冠式もあるし、年が明けてからは何回も行き来することになりそうだ」

あー、そうだった。戴冠式があるんだ。

私が王冠を運ぶ？　被せる？　その話もどうにかしなくちゃいけないのよね。

あの時は精霊王達に祝福してもらう形にすればいいと思って引き受けたけど、そのあたりの具体的な話もしていないのよ。

この婚約は国と国との関係にも関わるから、二年くらいの余裕があった方がいいのかもしれない。

カミルは来年十五歳になって、デビュタントだ。

その年はアランお兄様もデビュタントだから、両方のお祝いをしなくちゃいけなくて忙しくなりそうだし、意外ともうのんびりしていられない？

来年からの忙しさが、とんでもないことになりそうな気配が……。

「早すぎるなんて言っている場合じゃない？」

「島同士の折衝でも、意外に日数がかかるんだ。これが国と国になったら、もっと面倒な手続きが必要になるだろうね」

そうか。

私も腹をくくらないといけないのね。

「それに、今一番心配なのは、この冬の学園生活だ。ベジャイアのアホ英雄やシュタルクのよくわからない男が来るんだろう」

「いっさい会話していないしかなり距離が離れていたのに、私が覚えていないことに驚かれるっておかしいよね」

「向こうにしてみれば、忘れられない出会いだったのかもしれない」

それで私の後をつけて来たから、違う場所にもいたの？

キモイわ。マジキモイ。

ヤンデレは苦手なので、私に近付かないでほしい。

「それにあの好き放題していた王子が、アルデルトにだけは遠慮していたのも気になる」

「遠慮してたかしら？」

ヤンデレのことはちらっと調べてみたのよ。

でも説明された以上のことは、ウィキくんに書いてなかったの。

ニコデムス教徒でもないみたいなのよね。

「あいつには気を付けろよ」

「気を付けはするけど、情報は欲しいわ。ニコデムスには貸しがたくさんあるのよ」

お友達に毒を盛ったうえに、カミルを暗殺しようとしているかもしれないじゃない。

シュタルクの中に、ニコデムスはだいぶ入り込んでいるみたいなの。

王都を砂漠化された逆恨みで、ニコデムスに入信する貴族もいるんですって。

「ディア、悪い顔になってるよ」

「あら、失礼いたしました。私ったらつい……うふふ」

「たのむからおとなしくしていてくれよ」

そんな心配しなくても、私は今までだって常識的な行動をしてきたじゃない。無茶はしないわよ。

隣に立つために出来ること

それからすぐブラッドに時間が押し迫っていることを告げられ、私とカミルは家族のいる部屋に移動することになった。

恋人を両親に引き合わせる娘の心境って、心臓バクバクよ。

カミルも髪を手櫛で整えて大きく深呼吸してた。

「こちらです」

案内されたのは、普段家族が愛用している部屋のひとつだ。

四歳の時、精霊の育て方の話をしたのもこの部屋よ。

あの時は椅子に座ると床に届かなかった足が、もうしっかりと届くようになっている。

そこにゆったりと腰を下ろした両親とふたりのお兄様達。

美形の迫力ってやばいと改めて感じたわ。

「そちらに座りなさい」

示されたのは両親の向かいの席で三人掛けのソファーだ。

両親もソファーに座り、クリスお兄様は私から向かって右側のひとり用の椅子にゆったりと寛いでいる。アランお兄様は両親の座るソファーの左側に立ち、背凭れにもたれかかっていた。

部屋には他にもたくさんの椅子があるんだけど、だいたい精霊獣達で埋まっている。

執事や侍女は精霊状態にしているので、顕現しているのはうちの家族の精霊獣だけだ。それでも子猫全属性分、羽の生えた妖精型の掌《てのひら》サイズの女の子全属性分、小型化すると小さな羽の生えたポニーの子供みたいになってしまう天馬が全属性分、それぞれ好き勝手にしている。

アランお兄様の精霊獣だけは炎や水滴だからか、お兄様の周りを飛んでいるの。

精霊獣達はじゃれていたり、まったりしていたり、なんとも長閑で気が抜ける光景で、うちの家族の圧を精霊獣が緩和してくれている感じよ。

でもカミルにとっては、緊張する場面だよね。

隣に立つカミルが、大きく息を吐きだしてからぐっと腹に力を入れて、私に手を差し出してきた。

そっとその手の上に手を重ねて、カミルに微笑みかける。

カミルも微かに口元を緩めて頷き、部屋の中に足を踏み入れた。

私達の精霊獣も緊張しているのか今日はおとなしい。

イフリーの上にジンが乗り、ガイアの上にシロがご満悦な様子で乗り、リヴァとカミルの精霊獣達が泳ぐように空を飛んでいる。

ソファーに座って、ドレスの裾を整えて顔をあげるまで、部屋中からの視線がチクチク刺さっている気がしたわよ。

壁際にはそれぞれの執事や侍女が控えているし、私達に続いてエドガーやレックスとブラッドも部屋に入ってきているはずだ。

全員が所定の位置について、舞台が整ったって感じね。

「話は済んだのかい？」

「は……」

「父上、先にちょっといいですか？」

お父様の問いに答えようとしたら、クリスお兄様に遮られてしまった。

「カミルはあのことをディアに話したのか？」

「あのこと？」

振り返ると、カミルが驚いた顔でクリスお兄様を見ていた。

「話していないのか」

「確実になってから話すと言ったはずだ」

「もうほとんど確実だろう？　ディアの性格からして、話すのが遅くなると厄介だよ」

何？　なんの話？　婚約に関係のある話？

カミルは私に隠していることがあるってこと？

振り返ったカミルに、なんの話？　と聞きたくて首を傾げてみせた。

秘密は駄目よ。失った信用は簡単には取り戻せないもの。

「わかった。話すから、そんな心配そうな顔をしないでくれ。悪い話じゃないんだ」

「大事な話？」

「うん。確かにいい機会かもしれない」

困った顔じゃなくて、笑顔を見せてくれたから安心した。

うちの家族に囲まれて、この状況で笑顔ってそれだけですごいわよ。

「クリスは知っている話なのか?」

「僕も知っている」

お父様の問いにアランお兄様が答えた。

「なんで私には話してくれなかったの?」

「きみに話したら、僕のために行動しようとするだろう?　きみに動いてもらっては意味がないんだ。前にきみは僕に話したよね。夫婦として一緒に人生を歩むのに、どちらかがどちらかのために生きるんじゃなくて、対等に生きていける関係がいいって」

「言ったわ。でもカミルは私が商会の仕事をしてもいいって言ってくれてるし、一緒に外国に旅行にだって行けるんでしょ?　屋敷の女主人として留守番とか、派閥作れとか、社交界で暗躍しろとか言わないでしょ?」

「暗躍……」

アランお兄様、今は真面目な話なの。

突っ込みはいらないの。

「言わないよ。でもそれだけじゃ、俺としては対等だと思えなかったんだ」

「えっと……どういう……」

「それでルフタネンの精霊王達に後ろ盾になってもらうことにした」

「…………」

はい？　いやちょっと何を言っているのかわからない。

ルフタネンの賢王や私が精霊王に後ろ盾になってもらえたのは、私達が記憶を持ったまま転生した人間だからでしょ？

だから魔力の量や強さもおかしいんだよね？

「長くなるけど、聞いてくれるか？」

「……わかった。その話、詳しく聞かせて」

思わずソファーの上に乗り、カミルの方を向いて正座した。

これはちゃんと聞かないとやばい。

うちの両親もかなり驚いているようで、身を乗り出して話の続きを待っている。

「アゼリアの精霊王達がディアの後ろ盾になったのは、アゼリア帝国の人間達が忘れていた精霊と人間の関係を復活させ、精霊獣を育て、その方法を周囲の人間達に広めて、精霊と人間が共存出来る国を作るために動いたからだ」

「うん……そうかな？」

「そうなんだよ。魔力がどんなに強くても魔力量が多くても、精霊のために動かなかったら精霊王は後ろ盾にならなかったんだ」

両親や執事達がいるから、私の秘密は話せなくてこういう話し方になっているんだよね。

つまり記憶ありの転生者ってだけじゃ、後ろ盾にはならなかったって話だ。

うんうん。そりゃそうよ。

精霊そっちのけでチョコレートだけ作ってたら、そりゃ後ろ盾にはならないよね。

あれ？　てことは、記憶ありの転生者っていうのは、条件としてはあまり重要ではない？

「私の魔力は人間とは思えないほど強いって言ってなかった？」

「アランに聞いたんだけど、赤ん坊の頃から魔力が多かったんだろう？」

「魔道具の玩具で遊んだり、気絶するまで精霊に魔力をあげていたら増えたみたい」

「気絶って……」

今更そんなことくらいで引かないで。

今になっては、転移のために切り裂いた空間を維持する時くらいしか、増えすぎた魔力の使い道はないけど、転生したばかりの頃はこの世界がどんな世界かわからなかったし、魔力は多い方がいいと思ったのよ。

「そこに全属性の精霊王の祝福をもらって、更に後ろ盾になってもらったせいで、魔力量が膨れ上がったんだろうな」

「つまり後ろ盾になってもらえるかどうかで一番重要なのは、精霊と人間の共存に貢献出来たかどうかなのね？」

「いや、そもそも精霊王が人間の後ろ盾になること自体が、非常に珍しいことなんだ。短命の人間とそこまで親しくなって、ルフタネンの精霊王のように引き篭もったら困るだろう？」

困るけど、それぱっかりは死んでしまう人間としてはどうしようもないのよね。

それぞれの精霊王の担当する地域を治める人と橋渡しをしたのは、それもあったからなのよね。子供や孫と仲良くしてもらったら、少しは悲しみが薄れるかもしれないでしょ。

「それは、実は皇宮でも気にしてはいたんだ」

今まで黙って話を聞いていたお父様が話し出したので、私は少しだけ体を正面に向けて話を聞いた。

「アゼリアの精霊王がディアの後ろ盾になってくださったように、他国でも精霊王の後ろ盾を持つ人間が現れてもおかしくはない。あちらこちらの国でそういう人間が現れた場合、ディアみたいな規格外の人間同士の争いでも起こったら大変だ」

転生のことを知らないと、そういう心配も出てくるのね。

でもお父様に、さらりとディスられている気がするのは気のせいかしら。

「そうですね。ベジャイアの精霊王はガイオを気に入っていましたけど、あの男に精霊王の後ろ盾がついたら困ります」

当たり前じゃない。

今でもあれだけの勘違い野郎なのに、精霊王が後ろ盾になったりしたら大問題よ。

「でも精霊王にとって、人間の後ろ盾になるというのはそんな簡単なことではないんです。ルフタネンの精霊王達も、俺の後ろ盾になることをなかなか了承してくれませんでした」

「そうなのか」

「それでアゼリア帝国の精霊王に意見を聞きたくて、クリスとアランに相談したんです」

「僕達は瑠璃様に話を通しただけだけどね。そこまで覚悟を決めていると聞いたら、反対は出来ないじゃないか」

そうか。クリスお兄様はカミルの話を聞いて、それで考えを変えたのか。

「そんな時にシュタルクが、俺の命を狙って刺客を寄越したんです。ルフタネンの精霊王が後ろ盾にならないのなら、我らで守ると瑠璃様がシロを俺に預けてくれて」

「え?! それでシロをバングルに寄生させたの?!」

『寄生っていうなーー!!』

ガイアの背中でごろごろしていたシロが、がばっと起き上がった。

『カミルが死んだら、ディアが悲しむでしょー。瑠璃様達はそれはだんこそしたいって!』

「意味わかってる?」

『カミルが元気ならおっけー!　ってことだよ』

「まあ可愛い!」

お母様は初めて見るシロの可愛さにメロメロだ。

シロの方も可愛いと言われるのは嬉しいようで、ガイアの上からテーブルに飛び降りて、両親に愛想を振りまき出した。

あざとい。

「このままだと俺がルフタネンを捨てて帝国に行くんじゃないかって、モアナが心配しだしてね。普通なら駄目だけど、俺は精霊の育て方を広めていたから……」

「そうよね。ルフタネンで広めていたわよね」

「ルフタネンだけじゃなくて、商会の仕事で南方諸島や東方の島国に行った時にも、精霊獣について説明してるんだ。ディアの作った本は、どこでも喜ばれているよ」

「私よりカミルの方がすごいじゃない」

私は、最初はベリサリオのことしか考えていなかった。

その後だって、帝国のことで手いっぱいだったわ。

「それは違う。俺がスムーズに精霊について広められたのは、妖精姫と帝国の繁栄の噂が広まっていたからだ。どこの国も、精霊獣の育て方を知りたがっていた。最初のきっかけを作ったのはディアなんだよ」

「そう……なのかな」

「だからね、他の国の精霊王の了承も得て、ディアと結婚するのなら、俺の後ろ盾になってもいいという話になったんだ」

「他の国って、この前集まった国々のこと？」

「他にもタブークや南方諸国や東方の島国もだ。すでにそのあたりの国の精霊王の了承は得ている」

私のために、そんなことまで？

忙しくて会えなかったのって、仕事じゃなくてこのためか。

「ディアとの結婚が条件になっているのね」

シロを膝の上に乗せながらお母様が聞いてきた。

「はい。精霊王が後ろ盾になった場合に得る力を考えると、誰でもクリアできる条件を出すわけにはいかなかったんだと思います。だから精霊王の後ろ盾を持つ人間が、何人も現れる危険はないんです」

やっぱり、記憶ありの転生者というのが一番の条件なのか。

賢王は男で国王だったから問題なかったけど、私は女だから利用しようとする者が現れてしまう。

だから私を守るためなら、カミルの後ろ盾になるという話が他国の精霊王にも受け入れられるんだ。

「私、そこまで特別扱いされるようなことを出来ているのかな。もっと頑張らないといけないよね」

「もうとんでもないことを散々してきたと思うよ。無茶はしなくていいから」

「え？　そう？」

あまりに真剣な顔でカミルに言われたから、振り返って家族を見たら、みんなで何度も深く頷いていた。

「それに俺が賢王の子孫だということも重要らしい。魔力を見られるのが今回は役に立ちそうだ。ただ他国の精霊王にこの話をした時に、ディアとふたりで自分の国に来てもらいたいという話が出たんだ。精霊王とその国の人達との橋渡しをしたり、精霊と共存する方法をそれぞれの国の事情に合わせて考えてほしいと。それなら俺が精霊王の後ろ盾を持つことも認めるって」

後ろ盾になってもらえればお得なこともたくさんあるけど、今でもカミルはルフタネンの精霊王達に可愛がられているんだから、面倒なことの方が多くなるはず。

「ディアにも手伝ってもらわなければいけなくなってしまったのに、事後承諾で悪い。でも帝国の国民を納得させるためにも、これ以上ディアを心配させないためにも、精霊王の後ろ盾が欲しいんだ」

各国を回って橋渡しをするって、大変だよ？

国によって精霊との関係って違うだろうし。

「ディア？　嫌だったか？　対等になりたいなんて俺の我儘で、そのせいでディアに会う時間が減ってしまってたんだけど……ディア？　聞いてるのか？」

でもカミルが精霊王の後ろ盾を持てば、誰も私達の関係に文句をつけられなくなる。

カミルを殺そうなんてやつが現れても、ルフタネンの精霊王が守ってくれる。

すっごい安心！

「誰にも文句を言わせないためでしょ？」

「そうだ」

「私を守るためでもある」

「きみは強いけど無茶するし優しいからね」

私のために。

私と生きるために。

私に相応しいと周囲を納得させるために。

きっと最初はルフタネンの精霊王だって、無理を言うなって相手にしなかったはず。それを説得したんだ。

「わーーん！　カミル、ありがとう!!」

嬉しかったんだよ。私とのことを、そんなに真剣に考えて行動してくれていたんだって。

それでつい、この感動を表現したくて、お兄様達にやるように飛びついてしまった。

「うわ」

カミルの方に向いて、ソファーの座面に正座した状態から、首にしっかりと腕を回して全体重をかけて抱き着いたのに、肘掛けに肘をついて、片手で私の背を支えて、しっかり受け止めてくれて倒れなかったなんて、逞しいよね。

でも、両親やお兄様達の前で私に抱き着かれたカミルは、どうしたらいいかわからなかったのか、女の子に抱き着かれるのは初体験だったのか、そのままぴきっと固まってしまった。

そして私も、抱き着いてから自分のやらかしたことに気付いて、動けなくなってしまった。

このまま顔をあげたら、カミルのアップよ。

カミルの体に乗っかっちゃっているような状態で、カミルのアップは無理。恥ずかしすぎる。

かといってこの状態から後ろに身を退く場合は、どうすればいいのかしら？

腹筋と太腿の筋肉を使って、正座の状態に戻ればいいの？

でも、両親の顔を見るのがこわいし、お兄様達の顔を見るのもこわい。

「ど、どどど……どうすれば」

「何をやってるのさ」

背後からお腹に腕が回されて、ぐっと持ち上げられてカミルと引き離された。

「アランお兄様」

「カミルが硬直しちゃっているじゃないか」

女の子に耐性のない十四歳の男の子に、今のはやばかったか。

えー、でも、私の手にキスしたことあるのにー？

「ディア、嬉しい気持ちはわかるが落ち着きなさい」

お父様は怒っていないようだ。よかった。

よし。私はもう本当に心を決めたぞ。

「お父様、お母様。私、カミルと婚約します！」

ソファーから降りて立ち上がって、両親に向かって宣言した。

「……………そうだね？　だから挨拶をするためにカミルは来たんだよね？」

「カミル、ちょっと変な子だけど悪い子じゃないのよ。優しいいい子なの。苦労させそうでごめんなさいね」

あれ？　うちの娘をそう簡単に嫁にやるかー！　とか、お嬢さんをください！　ってやる場面よね。

なんで、私を嫁にもらうカミルが気の毒そうな顔をされているの？

「大変だな。何かあったら相談には乗るよ」

アランお兄様まで！

「とうとう……とうとうディアがカミルに決めてしまった」

クリスお兄様だけはいつもどおり、頭を抱えて呻いていた。

大人になる速度

―ダグラス視点―

「それだけの魔力がありながら、精霊すら全属性揃えられていないのはなぜだ。サボっていたのか？　それとも迷っていたのか？」

きつい黒い瞳ににらまれて、僕は何も反論出来なかった。

サボっていたわけじゃない。

もう迷ってもいないはずだった。

だって僕はもう……。


隣の領地と言ったって、転送陣がなければ何日もかけないといけない程遠いベリサリオは、うちの領地とは違って海があった。

もう覚えてはいないけど、生まれて初めて海を見た時、僕の領地にも海が欲しいと父上に我儘を言ったそうだ。

城から見下ろす港町と大海原。

港に停泊する大きな船。

銀や金色の髪の人達。

隣の領地なのに異国のようで、自分の領地との違いが珍しくて、遊びに行くのが楽しみだった。

年が近いこともあって、一番仲良くしていたのはアランだ。

彼の予定を聞いて、時間が合えば転送陣を使って遊びに行く。

ディアはクリスやアランが大事にしている小さなお姫様で、いつも元気いっぱいで、明るくて笑顔が可愛かった。

ベリサリオはうちの領地の友人達も行きたがったので、何人か連れて行くこともあって、その子達もみんなディアが可愛いって話をしていた。

でもその頃まだ僕達は、五歳前後の子供ばかりだ。

男同士で虫を採りに行ったり、近衛騎士団ごっこをして遊ぶのが楽しくて、ディアと積極的に親しくしようとする子はいなかった。

クリスが怖いっていう子が多かったしな。

四歳年上の綺麗な顔をした男の子は、いつも年上の人達に囲まれていた。

冷めた目で僕達を眺め、挨拶だけして興味なさそうに立ち去る彼。

声をかければちゃんと答えてはくれるし、他領からの客だからと彼なりに気にかけてはくれていても、僕以外に自分から声をかける子はいなかった。

そして、ディアが四歳になった時、いろんなことが変化した。

精霊王が後ろ盾になったって聞いても、その頃は後ろ盾が何かわからなくて、精霊王に選ばれた特別な女の子なんだよって教わった。

それでも僕にとってディアは、友達のアランの可愛い妹だ。

精霊王に気に入られたとか精霊が精霊獣になったとか聞いたって、ディアはディアのままで変わらないと思っていた。

確かにディアは、今も変わってはいないんだろう。

ただ僕が彼女のことを、わかっていなかっただけだ。

最初にディアが普通の女の子と違うと感じたのは、確か彼女が五歳の時だった。

軍の船を見にグラスプールに連れて行ってもらうことになって、ジルドと護衛を連れてベリサリオを訪れた僕は、ディアも一緒に行こうと誘ったんだ。

「ダグラス様、女の子は軍の船を見たいとは思わないですよ」

「そうなのか？　ディアドラも？」

ジルドに言われても僕は納得しなかった。

訓練場で兵士と一緒に走っているディアなら興味があるかもしれないと思ったし、人数は多い方が楽しい。

「誘ってくれるのは嬉しいけど、私は商会の仕事があるの。これから打ち合わせなのよ」

「仕事?!　もう仕事をしているのか？」

「うん……お菓子を作る仕事なの。美味しいお菓子が食べられるの」

女の子は甘いお菓子が好きだ。

だから、仕事だってディアが言っているだけで、お菓子を作ってもらって食べるだけなんだと思った。

「なにやってるんだダグラス。精霊車は向こうだよ」

執事や側近を連れたクリスはディアの隣に歩み寄り、彼女の肩に手を置いた。

「クリス、きみもグラスプールに行かないの？」

「行かないよ。精霊車で行くにしたって、日帰り出来ないじゃないか。船は見慣れているし、僕達は忙しい。ディアを誘うのはやめてほしいね」

「クリスお兄様、そんな冷たい言い方をしちゃ駄目ですよ。ごめんね。私もお兄様も予定がいっぱいなの」

　予定？

　家庭教師がいっぱい来るのか、女の子を集めて茶会でもするのか、それともどこかに出かける予定があるのか。子供の予定なんて他に思いつかない。

「精霊について教えるために、ディアはグラスプールに行ったばかりだしね」

「教える？　ディアドラが？」

「そうだよ。大人に教えるんだ」

　その時はただすごいと感心しただけだったけど、グラスプールに向かう精霊車の中でアランにこの話をしたら、

「ディアはクリスお兄様と同じで、もう大人と対等に話せるんだよ。フェアリー商会は、ディアのアイデアを形にするために創られたんだ」

　と、言われた。

「え？　じゃあ、この精霊車も？」

「ディアのアイデアだ」

僕よりも年下の女の子が精霊車のアイデアを出して、それを作るために商会が出来てしまう。

彼女はもう、本当に大人達と一緒に仕事をしているんだという驚き。

少しだけ、彼女が遠い存在に感じた。


それでもディアは相変わらずのディアだった。

ベリサリオから出ないせいで、中央の話や貴族同士の関係がよくわかっていないし、自分が周囲にどう見られているかもわかっていない。

六歳になっても訓練場で走り回っていて、たまに盛大に転んでいた。

気さくで話しやすくて、元気で笑顔が可愛い。女の子の中では、一番好きな友達だと思っていた。

でもあの日。

琥珀様が中央に精霊を戻してくれた日の夜。

僕は初めてディアが普通の子ではないと実感した。

なぜかメイド服を着て大人達の中心に立ったディアは、今までとは違う表情で今までとは違う話し方をしていた。

クリスが神童だと言われていたのは知っていた。

彼は特別だと思っていた。

でも、クリスだけじゃなかった。ディアもクリスと同じだと、ようやく実感したんだ。

もしかしたらアランだって隠しているだけなのかもしれないと、あの時に気付いた。

「ディアドラって、普段はああいう話し方をしないよな」

話が終わった後、一カ所に固まっていたスザンナとイレーネ、パティとカーラに話しかけた。

男が自分しかいないのが嫌だったけど、しかたない。

「私は今日、初めてディアドラ様とお話したからわからないわ」

「ああいうってどの部分かしら？　大人と同じように話してたこと？」

イレーネはわからないと首を横に振り、スザンナは意外そうな顔をした。

「私もディアドラ様とはあまりお話をしたことはないけど、クリス様の妹で精霊王に選ばれた方よ。商会のお仕事をしているのも聞いていたし、ああいう方なのではなくて？」

「彼女は、詳しいことと全然わかっていないことが極端なの」

カーラは領地が近いから、ディアが泊まりに来たこともあるんだそうだ。

この中では、彼女が一番ディアと付き合いが長かった。

「精霊の育て方を教えてくれたときは、今夜のような話し方をしていたわ。アラン様もそうだったの。だからベリサリオの三兄妹は、全員優秀すぎるってうちの貴族達が話していたわ」

「でもディアドラ様は優しくて、一緒にいてとても楽しいわ。だから大切なお友達よ」

パティの言葉に女の子達が頷いた。

ディアの表情や話し方と、自分や周囲の友達とのあまりの違いに驚いたのは僕だけだったみたいだ。

今ならわかる。その年代は女の子の方が大人っぽい。男の子が泥だらけになって外で遊んでいる間、女の子はもう礼儀作法を習い、刺繍を習う。そして、大人と一緒にお茶会に参加する。

何時間も座って、お茶を飲んだりお菓子を食べながら、ただ話をするだけだ。そんなの十歳にもなっていない男の子には我慢出来ない。

「あの子は駄目だ。ベリサリオは異質すぎる」

それまではディアと仲良くしろと話していた父上は、その日を境に、ディアには必要以上に近づくなと言うようになった。万が一にも精霊王を怒らせては大変だと。

「彼女をうちには迎えられない。ベリサリオはやはり怖い」

「迎える？」

「いいんだ。気にするな。アランやクリスとは今まで通りでかまわないよ。幸いなことにうちはベリサリオと親しくしている。今のままの関係性を維持すればいいんだ」

「父上。明日の茶会は……」

「おまえが参加する必要はない。私は謁見室に行かなければならないから、傍にいられないんだ」

でも、女の子達は行くんじゃないのかな。ドレスまで作っていたんだ。

あの話し合いに僕も出ていたのに、僕は行かなくていいの？

「おまえは大事な嫡男なんだ。女の子達とは違う。屋敷で待っていてくれ。ダグラス、わかったな」

「……はい」

僕は彼らみたいに特別じゃない。あの時だって、途中で眠くなってしまった。

僕はエルドレッド皇子と年が同じで、学園が始まったら同級生になるから、バントック派のやつらが嫌がらせをしてくる。

それに父上が行くなと言っているんだ。無理に行かなくてもいいじゃないか。

言い訳はいくつもあったけど、行かなくちゃいけないと思う理由は思いつかなかった。

でも茶会の日の夕方、すぐにベリサリオに行けと父上から連絡があった。

父上の手紙には、バントック派の人達がたくさん毒殺されたということと、皇帝陛下が引退して皇太子殿下が後を継ぐということだけが書かれていて、具体的にどんなことがあったのかは、ベリサリオに行ってから、クリスやデリック様に聞かされた。

目の前で人がたくさん死ぬ場面を見てしまった女の子達は顔色が悪く、食欲もなくて、泣いてしまった子もいた。

そりゃそうだよ。人が死ぬ場面に出くわしたばかりで、食欲がわくわけがない。僕だってその場にいたら同じようになっていただろう。

むしろおかしいのは男子達だ。

デリック様はだいぶ年が上だからまだわかる。

でもクリスもアランも、まだ十一歳と八歳だよ？　なんで平気な顔をしていられるんだ？

男の子だから大丈夫だなんて、そんなのあるわけがない。

でも女の子達がいなくなった後も、いつもどおり美味しそうに食事をしながら会話を続けていた。

「ジーン様は焦っていたのか？　もう少しうまく立ち回る人だと思っていたのに」

クリスが言うと、デリック様はひょいと肩をすくめた。

「決まっているだろう。きみの妹のせいだ。彼女が皇太子殿下の味方をして、こんなに早く敵として現れるなんて考えてなかったんだよ。軟禁されていて人と会う機会が少なくて、コミュ力が不足していたのも原因かもね」

「あんたもコミュ力には問題があるだろう」

「あんたって、僕に対する扱いがひどくなってきてないかい」

「兄上は気に入った相手にはそうなんです」

「アラン」

三人の会話に、僕だけ入っていけなかった。

その場に一緒にいた子達は、たぶん仲間意識のようなものを感じていたんだと思う。

同じつらい記憶を分かち合っている仲間だ。

茶会に行かなかったせいで、僕はその中に入れなかった。

「ところで、ダグラスはどうしてここにいるんだ？　カーライル侯爵に行けと命じられたのか？」

「兄上」

「だってそうだろう。せっかくあの打ち合わせの場にいたのに、今日来なかったなんてありえないだろう。今後帝国を動かすのはアンディだぞ」

「クリス、七歳の子に無茶を言っちゃ駄目だよ。苦情を言うなら直接カーライル侯爵に言わないと」

「苦情なんてない。だがそうか。ダグラスは普通の七歳の子供だったんだな」

クリスは大きなため息をついて、かちゃんと音を立ててフォークを皿に置いた。

「あらやだ、この子ってば自分達は普通じゃないって言っちゃってるよ」

「デリック様だって、十二歳でそれは異常ですよ」

「ぼくはお姉様ともお付き合いがあるからね。いろいろと優しく教えてもらっているんだ」

僕だけがただの普通の子供？

アランも、ディアも、僕とは違う？

そうか、ふたりとも子供の僕に合わせて話してくれていたんだ。

だから話しやすかったんだ。

そう気付いた時の衝撃を思い出すと、今でも胸が痛くなる。

対等の友人だと思って遊んでいた相手は、実は僕とはまるで違う優秀な人達だった。

「ダグラスだって十二になる頃には、同じくらい優秀になっているよ。成長の速さは人によって差があるだけだ」

「アランはダグラス贔屓だな。カーライル侯爵がここに寄越したということは、ベリサリオと今後も親しくしたいという意思表示でもあるよな。皇太子殿下につくという意味もあるかもしれないが
……カーライルはエルドレッド殿下と親しくしてほしいな」

「そうだね。たぶん僕ももう皇太子側と思われているだろうし」

「思われてなくても、アンディはアランを手元に置こうとするさ」

「だよなあ。そうなると、ダグラスは殿下と親しくしてくれるとありがたいね」

「クリスもアランも、エルディを警戒しすぎだよ。彼は子供だっただけで、自分が兄にとって代わろうなんて野心はない」

本人を置き去りにして、勝手に話が進んでいく。

僕はまだ、ひとりだけ何もわかっていなかったことの衝撃で頭がいっぱいだった。

年下の女の子として話していたディアに、実はつまらない普通の子供だと思われていたのかもしれない。

そう思うと、自分でも驚くくらいに動揺してしまった。

「わかってるよ。ただ彼の周囲にまともなやつがいないから、ダグラスがいてくれれば彼のためにもなると思っただけだよ。ねえ兄上」

「そうなのか？」

「兄上！　侯爵家まで便利に使おうとしちゃ駄目だよ」

「アランはカーライル侯爵が、なぜダグラスをここに寄越したと思っているんだい？　自分の判断が間違ったと思ったんだろう？　それで僕達の機嫌を取りたいんだ。だから挽回するチャンスをあげるだけ」

「言われなくても殿下とは今まで通り仲良くするさ。殿下は俺様なところはあるけど、本当は優しくて皇太子殿下が大好きなんだ」

「優しさなんて、なんの役に立つんだ？」

ようやく自分と殿下の話だと気付いて僕が言うと、クリスはいつもの冷めた顔で言って、すぐに興味をなくしたように横を向いた。

「役に立つだろう。大事だよ。きみはそれをアランやディアに補ってもらっているじゃないか」

「デリック様、意外に頭が回りますね。皇太子殿下に是非ご報告しなくては」

「ヤメテ。お願いヤメテ」

「え？　もしかして殿下達の前では、こういう会話はしないんですか？」

「だってー、働きたくないでござるよ」

それから解散になるまで、クリスはもう僕に話しかけてはこなかった。

今思うと、彼はデリック様がどの程度優秀なのか、どの分野で優秀なのか、会話で探ろうとしていたんだと思う。

でもその時の僕は、とうとうクリスに見放されたと思ってしまった。

それからはもうアランやディアと話していても、以前のように気安い気分にはなれなかった。

しかもそんな時に限って、僕がベリサリオに遊びに行く機会があっても、アラン達がカーライルに遊びに来ることは滅多になかったと気付いてしまったんだ。

自然と会う回数が減って、久しぶりに会った時にはお互いに体が成長して雰囲気が変わっていて、一番親しかったアランでさえ、僕の知っているアランじゃないみたいだった。

ディアも会うたびに少しずつ背が伸びて、どんどん可愛くなっていた。

でも性格は少しも変わらず、あの時の大人びた表情が嘘のように、よく笑い、ちょこまかと動き回って、執事達を振り回していた。

フェアリー商会は確実に業績を伸ばし、ディアは特別な子だと貴族の誰もが知るようになってちやほやされても、全く変わらないディアはすごいと思った。

学園にディアが通うようになって、その期間だけとはいえ、毎日のように彼女と会うようになり、彼女と親しい僕は羨ましがられるようになった。

それがくすぐったくて嬉しくて、でも、彼女との婚約はやめてくれと父上にはっきり言われていた。

最後の属性の精霊獣を探さなかったのも、父上からの指示だ。

全属性の精霊獣を育てたら、侯爵家嫡男の僕は帝国内で、家柄的にディアに一番釣り合う縁談の相手になってしまうから。

ふさわしくないのは僕が一番わかっている。

彼女は特別な女の子で、僕はただの子供だ。

賢くて可愛くて性格もよくて。何もかもを持っているディアが、ただの子供の僕を好きになってくれるはずがない。

ようやく少しずつ、以前クリスや大人達が話していたことが理解出来るようになっても、クリスもディアもアランも、気付くともっと先に行ってしまっている。

だから諦めていた。

幼馴染で友人で、今まで通りに付き合えればいいと思っていた。

なのに、あいつがディアと踊るのを見て、胸の奥がもやもやした。

楽しそうに笑うディアが見上げているのは、僕ではなくて、異国から来た黒髪の少年だったんだ。

いやなやつだったらよかった。

そんな奴はやめろと言えるようなやつでいてほしかった。

でも皇太子殿下にまで好かれて、クリスとも真正面から言い合っている彼は、ディア達と同じ特別な人間に見えた。


「それだけの魔力がありながら、精霊すら全属性揃えられていないのはなぜだ。サボっていたのか？　それとも迷っていたのか？」

違う。もう諦めたんだ。

何年も前に、父上の意見に反論さえせずに、自分でも無理だと思ってしまって。

諦めたはずなのにまだ胸が痛くて、体が勝手に動いてしまっただけだ。

「どっちにしても、おまえじゃ駄目だ」

そんなことは、言われなくてもわかっている。

「おまえじゃ、ディアを守れない」

それでも、好きになってしまったものはしょうがないじゃないか。

「ディア、そいつに決めたのか？」

カミルは僕と違うんだよね？

ルフタネンの精霊王に気に入られているって聞いた。

僕は、精霊王と話をしたことさえないのに。

「ダグラス、慌ただしくてごめんなさい」

アランに会いに行ったはずなのに、ディアに会えると嬉しくなったのはいつからだろう。

ディアドラからディアに呼び方を変えられたのはいつだった？

転んでばかりいた年下の女の子が可愛くて、会うたびにドキドキするようになったのは、それを恋だと自覚したのは、いつだったんだろう。

「なんで精霊獣を揃えなかったんだよ」

カミルとディアが転移した後、僕の肩をどつきながらアランが今更な質問をしてきた。

「諦めていたんだ。僕はきみ達とは違う普通の子供だから」

「僕だって普通の子供だよ」

「はあ？」

「背の伸び方だってみんな違うだろ？　大人になる速さは人それぞれなんじゃないのかなあ。兄上もディアも早く大人になっているだけで、成人する頃には、あまり差がなくなるんじゃないかと思っていたよ」

差がなくなる？

宰相にならないかと誘われているクリスと、精霊車とチョコレートを作ったディアと？

「アランもベリサリオの人間だということはわかった」

「まあいいんだけどさ。ディアがカミルを好きならどうしようもないもんな。あいつおもしろいし」

「……アランは僕をどう思っている？」

「どうって、幼馴染で友人だろう」

「そうじゃなくて、子供のお守りをしているつもりでいたのかなってさ。昔はしょっちゅうベリサリオに遊びに行ってただろ？」

「お守り？　なんで？　近衛騎士団ごっこを出来る相手がベリサリオにはいないんだから、ダグラスが来るのは大歓迎だったよ。うちの兄妹の周りは年上しかいないし、みんな僕達兄妹を怖がるからね」

「そう……か」

そうか。ちゃんと友達だと思われていたのか。

じゃあ、ディアにも幼馴染とは思われているのかな。

「そろそろ最後の精霊を育てようかな」

「早く育てろ」

たぶんカミルは、ディアを諦めたりはしないんだろう。

精霊を育てるのをやめた時点でもう、ディアへの想いの強さで僕は負けていた。

もしかしてもっと大人になって、大人やクリス達の思惑が理解出来るようになったら、ディアを諦めたことを死ぬほど後悔するのかもしれない。

でもきっと、諦めていなくても、ディアはあいつを選んだんだろうな。

「アラン、ディアはもう帰って……」

舞踏会に参加するための服に着替えたクリスがやってきた。

十六歳になったクリスは頬やあごの線がシャープになって、背も伸びている。

「ああ、遭遇してしまったのか」

なぜかクリスは僕を見て気の毒そうな顔になって、ポンポンと背中を軽く叩いてきた。

「まあしかたない。ディアは驚くほどに鈍いから。精霊を育てなかったってことは、おまえも結婚までは考えていなかったってことだろうしな」

「え？」

「ディアが好きなんだろ？」

気付かれていたことにも驚きだけど、それをこんな穏やかな表情で話されるとは思っていなかった。

「僕じゃ駄目だっていうのはわかっていたさ」

「そうか。わかっちゃってたか。もう少し頑張ってくれたらなあ。ディアにカーライル侯爵領を発展させて、取り込もうと思ってたのに」

「おい」

「だってさ、おまえの領地、何十年も前から新しい産業を何も興していないだろう？　せっかく綺麗な湖があって、交通の便のいい立地だっていうのに」

「まさか、きみ達がカーライルに来なかったのってそのせい？」

クリスとアランは顔を見合わせて、同じように首を傾げた。

意外なことに、そうしているとふたりは少し似ていた。

「行かなかったっけ……ああ、そうだ。いつも盛大に出迎えられておもてなしされるから悪くてな」

「そうそう。うちは面倒な存在だから、気を使わせると思ったんだよね。それに確かに湖より海がいいし」

「……理由はそれだけ？」

「あ、何か粗相《そそう》があったと気にされていたか？　そんなことはないと侯爵に話しておいてくれ」

じゃあ、僕がただの普通の子供で、仕方なく付き合っていたからではなかった？

ただの僕の勘違い？

「ダグラス、どうした？　頭が痛いのか？」

「兄上がいつもきついことを言うから、何か問題があったと思わせたんじゃないの？　ダグラス、いつも言っているだろう。兄上は気に入っている相手に対してきつい言い方になるんだよ。皇太子殿下なんて気の毒なくらいだよ」

気に入られていた？

僕がクリスに？

「カミルのことも気に入っているのか？」

「あんなやつ知るか。まったくむかつく。アラン、ディアの忘れ物だ」

クリスはアランに女性用の扇を手渡して背を向けた。

「意外と気に入ってるんだよ」

「聞こえてるぞ」

「スザンナが待っているから早く行きなよ」

あの殿下の茶会の日、クリスが僕をディアの相手と考えなくなったのは勘違いではないと思う。

それでも、見放されたわけではなかったんだ。

勝手に僕ひとりで悪い方向に物事を捉えて、彼らの気持ちを聞くことさえ怖がっていた。

こんな僕でもこれから頑張れば、いつかクリスが辺境伯当主になった時、侯爵家当主として少しは対等に付き合えるようになれるのかな。

いや、ならないと。

彼らより歩みの速度は遅いかもしれないけど、いつかは追いつきたい。

「ほら、情けない顔をしていないで帰ろう」

「もう行っていいよ。ディアが気になるんだろ」

「レックスがいるから平気だ。それよりやけ食いでもするか?」

「しないよ。もうとっくに諦めていたんだ。今更なんだよ」

「……その顔で?」

彼女が笑顔でいられるなら。

僕じゃなくてもいいと思うしかないじゃないか。

彼女はこれからもずっと、僕にとって大切な女の子なんだから。

あなたがいいの

―パトリシア視点―

書き下ろし
番外編

「今日はノーランドでのパーティーだから、ジュードと話してみて。年齢もちょうどいいのよ」

「ジュード？」

「モニカのお兄様よ」

転送陣の間で準備が整うのを待っている間に、お母様に言われて首を傾げた。

ノーランドの子供とは、もちろんちゃんと御挨拶するわ。

「まだいいじゃないか。パティには早いよ」

「あなたはのんびりしすぎよ。パティに釣り合う男の子はそう多くはないのよ。出来れば侯爵家以上の嫡男がいいわ」

男の子は嫌い。

じっとしていられないし、乱暴だし。

この間は初めて会った男の子に、意地悪そうな顔をしているって言われたの。

その子のほうがずっと意地悪よ。

「それより妖精姫と仲良くなってもらわないとな」

「そうね。ベリサリオ辺境伯のディアドラ様は、あなたと年が同じなのよ」

仲良くなるって、どうすればいいの？

みんな、楽しそうに話していても、私が近くにいると話すのをやめて慌てだしたり俯いて黙っちゃう。

私は公爵家のお姫様だから、特別扱いするんだってお姉様が教えてくれた。

嫌われているんじゃないのならよかったけど、あれじゃ仲良くなれないわ。

気にしないでお話してくれるのは、モニカとカーラだけ。

妖精姫はどんな子だろう？

「辺境伯って公爵家より下だったんですよね。突然、特別扱いってずるくありません？」

「妖精姫なんて言われている子より、パトリシア様のほうが上ですよ」

パーティーが始まって、両親と別れて席に着いた途端、同じテーブルにやってきたのは少し年上の御令嬢達だ。

いつもそう。

おとなしい子は傍に来なくて、来るのはこういう嫌な子達ばかり。

さっきからずっと、妖精姫より私の方が上だって繰り返している。

「今日はクリス様じゃなくてアラン様が来るそうよ」

「えー、残念。アラン様って髪の色がひとりだけベリサリオの色じゃないのよね」

今日は、ノーランド辺境伯が蘇芳様の住居に招かれたお祝いと、ベリサリオ辺境伯へのお礼を兼ねたパーティーなのに、アラン様の陰口を言う子がいるってひどいわ。

「本当はベリサリオの子じゃないって噂が」

「私も聞いたわ」

「あなた達、他の席に移ってくださる？」

「え？」

テーブルをぺしって叩いて注目を浴びてから言おうとしたら、手が少し痛かった。

でも私は今、怒っているの。

「帝国の歴史を勉強していたら、そんなことは言わないはずよ。アラン様の髪の色はベリサリオ辺境伯のお父様、アラン様にとってはお爺様の髪の色と同じなの。お婿さんだからベリサリオの髪の色じゃないのよ」

ちょっと前に家庭教師に習ったわ。

パーティーに出席する前に、主催者と主だった貴族の情報は頭に入れておかなくちゃいけないのよ。この子達は私より年上なのに勉強していないのね。

「そんな……だってお母様が」

「しっ。余計なこと言わないで」

「ほら、あの子が妖精姫じゃない？」

席を移動してって言ったのに、彼女達はその場に座ったままで、みんな私の背後に注目していた。

こういう時はきっぱりときついくらいに言わないと馬鹿にされるって、ヒルダお姉様が言っていたわ。

公爵家の令嬢なんて妬まれるから、強くないと陰で攻撃されるわよって。

身分が高いのをみんな羨むけど、その分、引きずり落そうとする人も多いんだって。

「うそ。可愛い」

「クリス様の妹なのよ。当たり前じゃない」

私より身分の高い方なんですもの。妖精姫が近付いてきているなら、立って出迎えなくちゃ。

みんなが見ている方に顔を向けたら、プラチナブロンドの可愛い女の子が立っていた。

くりっとした大きな目は少したれ目で、紫色の瞳が輝いている。

ほっそりしていて、レースのドレスがとても似合っていて、今まで会った誰よりもかわいい。

光りに包まれているみたい。

「お人形さんみたい」

仲良くなるためには御挨拶よ。

立ち上がって近づいてから、私から声をかけちゃ駄目だって気付いた。

今までは、どの子が相手でも声をかけてよかったから、こういう場合はどうすればいいかわからないわ。

待てばいいのよね。

こっちを見ているんだし、すぐそばで立ち止まってくれたんだから、挨拶しようとしてくれているのよね。

「…………」

「…………」

なんで黙っているの?!

どうしよう。みんなに注目されているのに。

自分から立って近付いちゃ駄目だったの?

「あの……」

妖精姫がやっと声を出した。

「そちら公爵様のご令嬢ですよね。ですから私、お声を待っていたんですけれど」

ええええ?! 妖精姫も身分が変わったばかりで、どうすればいいかわかってなかったの?!

「何をおっしゃっているの? ベリサリオ辺境伯は皇帝に次ぐ公爵同等の家柄じゃありませんか。皇帝一家以外はそちらからお声がけくださいませ」

ちょっと言い方がきつくなっちゃったかなって反省していたのに、妖精姫は目を大きく見開いて、手で口元を隠しながら、とても楽しそうな顔で私を見ている。

会話したんだから、次は私から挨拶するのよね。

「私、グッドフォロー公爵家のパトリシアと申します」

間違っていたらどうしよう。

こんなに緊張したのは、エーフェニア陛下に初めてお会いした時だけよ。

「ベリサリオ辺境伯家のディアドラですわ。パトリシア様」

「はい?」

「かわいい」

「は?!」

「もうすっごくかわいい! ぜひお友達になってくださいませ!」

「え? あ、はい」

突然ずいっと近付いてきたから、勢いで頷いてしまった。

楽しそうな笑顔に、私まで釣られて口元が緩んでしまう。

傍にいると元気を分けてもらえるような、暖かい笑顔だわ。

すぐにカーラが来てくれて一緒に話してくれたので、少し緊張も解けてきたから、これなら楽しくお話出来そう。

「ディア」

今度は男の子の声がした。

妖精姫に、こんな親し気に話しかけられる男の子ってひとりしかいない。

「向こうまで声が聞こえていたよ。うちの妹がご迷惑をかけていませんか？」

「いえ、お友達になっていただきましたのよ。私、グッドフォロー公爵家のパトリシアと申します」

「ベリサリオ辺境伯家のアランです。よろしく。ちょっと変わっているけど面白い子なんで仲良くしてください」

この男の子が噂のアラン様？

え？　素敵。

目元がきりっとしていて、赤茶色の髪もとても綺麗。

「はい。喜んで」

テーブルにいる女の子達もびっくりしているみたい。

素敵とかかっこいいとか、ここまで聞こえるくらいきゃあきゃあ騒いでいる。

さっきまで悪口を言ってたのに。

「アランお兄様、パトリシア様ってかわいいと思いません？」

「え？」

「も、もうディアドラ様、何をおっしゃってるの？」

やめて。みんな聞いているから。

恥ずかしいから！

「かわいいですわよね！」

「あ……うん」

頷いてから、アラン様がちらっとこちらを見たので、目が合ってしまった。

すぐに目を逸らしてしまったけど、アラン様の目元が少し赤くなっていた気がする。

どうしよう。素敵なのに可愛い。

胸がどきどきしてきた。


「アラン？　ああ、ベリサリオの次男ね」

屋敷に帰ってヒルダお姉様にアラン様を知っているか聞いてみた。

お姉様は七歳も年上だから、もう大人でいろいろ知っているの。

「もしかして、アランがいいの？」

「えっ?!　そうじゃなくて……かっこいいなって」

「アランねえ……」

部屋には信頼出来る侍女と私とお姉様しかいなくて、みんなが困った顔で私を見ている。

アランをかっこいいと思っちゃ駄目なのかしら。

「両親はあなたを嫡男に嫁がせようとしているのよ」

嫁ぐ?!

お嫁さん?

なんでそんな話になっているの?

「ジュードかダグラスが候補だと思うわ。ベリサリオならクリスがいるじゃない。彼じゃ駄目なの?　エルドレッド殿下もよかったんだけど、ちょっと最近は皇宮には近付けないでしょ」

「でもエルディはそういうんじゃないの」

「アランのほうがいいのね」

「違うの。かっこいいんだよって教えてあげようとしただけなの」

「はいはい」

嫁ぐなんて言われてもよくわからない。

ちょっとドキドキして、素敵だなって思っただけなの。

「まだアランが好きっていうわけじゃないなら、両親には言わない方がいいわ。会っちゃ駄目って言われたくないでしょ?」

好きだなんて、そこまで考えていなかったのに、言われると意識しちゃう。

お互いの領地が遠いから、それからしばらくは会う事もなかったんだけど、皇宮での毒殺事件に巻き込まれて、その場にいた女の子達は私も含めて、知っている人が亡くなる場面に出くわしてしまったショックが大きくて、頻繁に行き来して眠れない夜を一緒に過ごすようになった。

いろんな話をして、たくさん泣いて、ディアとも仲良くなって互いの家にお泊りするようになって、そうすれば自然とクリスやアランと会う機会も増えて。

クリスは優しい人だとわかっているけど、ちょっと怖い。

それに比べるとアランは、笑顔が優しくて、話し方も穏やかで、声もうるさくないの。

近衛騎士になりたくて剣を習っていて強いって聞いたけど、乱暴者じゃないのよ。

本当に強い人は偉そうにする必要がないって、前に家庭教師の先生が言っていたわ。

皇太子殿下だって、ブレインの方々だって、ちっとも偉そうにしないもの。

アランも強いから優しく出来るのよ。

◆

十歳になって学園が始まると、ディアと毎日会えるようになった。

ディアはすごいの。

隣にいるだけで元気を分けてもらえる気がするし、いろんなことを考えていて、新しいことをたくさん教えてくれる。

友達や家族を大事にするとてもやさしい子なの。

クリスやアランが妹を大切にする気持ちもわかるわ。

年も同じだし、ディアとカーラと私と三人で親友になろうねって約束したの。

お昼ご飯を食べようってアランがディアを誘いに来て、ついでに私やカーラにも声をかけてくれて、一緒に食堂でお昼を食べる時も多くて、初めのうちは毎日が楽しかった。

でもモニカとスザンナが皇太子殿下の婚約者候補になって、皇太子殿下に選ばれなかった方の子がクリスと婚約することになった時、本当はカーラも候補に選ばれていたのに、ヨハネス侯爵のせいで皇太子殿下とのお茶会を突然当日欠席するという、普通では許されないようなことをしてしまって、学園にも来なくなってしまった。

カーラはどうしているんだろう。皇太子殿下に憧れていたのに……。

私もちょっとだけ巻き込まれた。

候補者の中に入らなかったからって、気の毒そうな眼で見られてしまったり、本当はディアと仲が悪いんじゃないかって言い出す人がいたり、エルディと婚約するのよねって言ってくる人までいたのよ。

うちの両親も私も、皇族と縁組する気はないの。

それに今回の婚約者候補は、中央の貴族は対象外だったのよ。

「こんな大騒ぎになると思わなかったわ」

「ディア……」

ならないと思う方がどうかしている。

皇太子殿下の結婚相手は、未来の皇妃様なのよ。

「アランお兄様がまた来ているわ」

「本当に妹大好きね」

「うーーん。そうだけどそうじゃないと思うのよ？」

にこにこと笑うディアは、最近いつも、私をアランの隣に座らせようとする。

ディアがしているのよね？　アランが隣に来ているんじゃないわよね？

アランだって、そろそろ婚約者候補を絞っているはずだから、私と噂になったら困るでしょ。

私は次男とは結婚出来ないもの。

家族が許してくれないわ。

私だって、アランはディアのお兄様だし優しいから素敵だなって思うだけで、それ以上は何もないの。

何もないのよ？

それなのに、前期が終わってすぐにダンスの練習をしようとベリサリオに招待されて、アランと踊ることになってしまった。

皇太子殿下のデビュタントの舞踏会に、婚約者候補が出席出来ないのは気の毒だからって、今年の舞踏会は昼間開催されることになったので、私達も出席するの。

「あの方はルフタネンの王子様なのよね？」

「カミルのこと？　正確には元王子だね。今はもう公爵だよ」

「ディアと仲良しなの？」

「いろいろあってね、いつの間にか仲良くなっていたんだ」

その日、初めて会った黒髪に黒い瞳の男の子は、すらっと背が高くて近寄りにくい印象なのに、ディアと話す時だけは楽しそう。

ディアったらひどいわ。

あんな素敵な方とお付き合いするなら、教えてくれてもいいのに。

「気になる？」

耳元から声が聞こえてはっとして顔をあげたら、予想していたより近くにアランの顔があった。

駄目よ。顔を見たら緊張しちゃうから、わざと違うことを考えていたのに。

こんなに近付いたのは初めてなんですもの。

アランって私よりずっと手が大きくて、剣術を習っているから掌がごつごつしている。

子供の頃より髪を短くしたら、急に大人びた印象になって、前よりもっと素敵になったわ。

「僕がダンスに誘ったのは迷惑だったかな」

「そんなことないわ。でも、先生以外の男の方と踊るのは初めてだから緊張してしまって。それにアランはディアと踊ると思っていたわ」

「あとで踊るよ。ディアとはいつでも練習出来るだろ？」

「カミルのことは睨んでいたのに、ダグラスのことは気にしないの？」

「ダンス中に他のやつのことを気にしていちゃ駄目だろう」

「そ……そうね」

さりげなく叱られたてしまった。

カミルが気になるんじゃなくて、他に何を話していいかわからないのよ。

アランは自分から女の子に話しかけないって聞いた。

でも私には、いつも優しく話しかけてくれるし、今もまっすぐに私のところに来てダンスに誘ってくれた。

私だけ特別扱いしてくれているんじゃないかって、ずうずうしいことを考えてしまいそうになる。

くるっとターンするたびにドレスの裾がひらりと揺れて、私の心もゆらゆらしている。

「もしかしてディアはあの子と？」

「またカミルの話？」

「ヒルダお姉様がリルバーンの方と婚約していて、来年には嫁いで行ってしまうから、ディアもいなくなったら寂しいわ」

「パティは？　そういう話はあるの？」

「え？　私？　きっと両親が」

いちおう両親が候補を考えているって言っていたような気も……。

「外国に嫁ぐとか、誰と婚約するとか、決まっているのか？」

「ないわよ。ないない」

「そ……っか。驚いた」

「私の方がおどろ……きゃ！　ごめんなさい！」

話に夢中になりすぎて、足を踏んでしまった。

「大丈夫。それほど痛くなかった」

「うう……。たくさん練習したのに」

「今日のために？」

「そうなの。足を踏んだら悪いもの」

「練習の練習か」

「笑わないで。変な踏み方をして足を捻っちゃうこともあるでしょう。怪我をさせたら大変よ」

「パティは優しいね」

優しいとかじゃないの。

「ダンスは姿勢もよくなるし、体力もつくし、内緒話も出来るし、喧嘩をしている時に仲直りもしやすいんですって。ダンスの先生が言っていたわ」

「内緒話か……する？」

アランがまた耳元に顔を近づけてきて、小さな声で囁いた。

「え？　え？」

「まずは何を話すか考えないといけないんだけど」

「う……ひどい。からかっているでしょ」

「そんなことないよ」

アランが声をあげて笑ったから、みんなに注目されちゃったわ。

でも楽しかった。

舞踏会では誰を誘うつもりなのかしら。

私を誘ってくれないかな。

やだ。私ったら何を考えているの？

アランは駄目よ。

好きになっちゃ駄目なの。

……そう考えていたのに。

◆

「パティはベリサリオによく遊びに行っているよね。学園でも妖精姫と同じクラスなんだろう？」

新年会を翌日に控えた夕食の時に、お父様が話しかけてきた。

「アランとも会うのかな」

え？　アラン？

「はい。会いますよ」

「彼もパティの結婚相手候補のリストに入れたから」

「え？」

突然そんなことを言われ、食事の途中なのに立ち上がりそうになってしまった。

「父上、アランは次男ですよ。伯爵以上の嫡男から探していたのでは？」

ローランドお兄様もお母様も、初めて聞く話だったみたい。

デリックお兄様だけは面白そうに家族の様子を眺めている。

「次男でもベリサリオだ。今の時点ですでにベリサリオは多大な功績をあげている。妖精姫の存在と今までの功績も考えたら、何かしらの褒賞を与えないとまずいのに、彼らは何も欲しがらないいんだ。オーガストは、ベリサリオに引きこもりたいと言い出して、成人したクリスをブレインに抜擢して自分は降りてしまった。飄々としていて食えない男だ」

「だからアランだけでも中央に置いておきたいんですね」

「そうだ。彼らが中央に顔を出さないいなんてことになったら大変なことになる。男爵の爵位では、高位貴族の息子なら与えられるのは珍しくもないだろう。それだけでは今までの功績に見合わない。子爵になるのは間違いない」

「領地もいただくの？　中央に？」

「精霊の森の近くに小さな領地を与えられる予定だ」

「まあ」

お父様の返事を聞いてお母様の表情がぱあっと明るくなった。

「あそこは難しい土地だ。だがアランなら琥珀様のお気に入りなので、ちょうどいいという話が出ている」

「あそこなら皇都のすぐ近くですもの。結婚してからも会いやすいわ」

「待ってください。それでも子爵ですよ。パティにはもっと身分の高い男がいいですよ」

私を置き去りのまま、周りで話が進んでしまっている。

アランと婚約？

待って。うちから申し込んだら、アランは断れなくなってしまったりしない？

他に好きな子がいるかもしれないわ。

「兄上、アランほど将来有望な若者はいませんよ」

唐突にデリックお兄様が話し始めた。

「近衛騎士団の公開演習に参加することをご存知ですか？　そこで精霊と協力して戦闘する方法を実演するんだそうですよ」

デリックお兄様は、いい加減な性格だと言われているのに、なぜか皇太子殿下に気に入られていて、クリスとも仲がいい……はず。

そのデリックお兄様の情報なら確実かもしれない。

「それに独立する時には、フェアリー商会の事業の一部をアランは引き継ぐそうですよ。あそこの三兄妹は本当に仲がいいので、今後もいろいろと新しい頃をやらかすんじゃないですか？　もしかしたら伯爵になってしまったりして」

「まさか……」

「そうじゃなくても、家族を大事にするベリサリオの一員になるんですよ。妖精姫と姉妹になるんです。こんな強力なコネを他所に取られていいんですか？」

「それは確かにそうだな」

「僕と親戚になるなんて、クリスの嫌がる顔を想像しただけで楽しい」

「デリック……それが目的じゃないだろうな」

お兄様達は勝手なことばかり言わないで。

デリックお兄様は自分のことを考えるべきよ。

また恋人が変わったって噂になっているのに。

「まだ急いで決める必要はないし、パティに他に好きな人がいるならいいんだ。でもそうじゃないならアランとの婚約を考えてみてくれ」

「……はい、お父様」

考えるのは全然いいの。

アランと結婚して、ディアと姉妹になれるって素敵だわ。

でもアランが嫌だったらどうするの？

お父様が話す前に私がそれとなく聞いて、他に好きな人がいるか確認した方がいいかもしれない。

他に好きな人？

なんだろう。食欲がなくなってきた。

もしアランに好きな人がいたら、私は誰と結婚するのかしら。

新年の舞踏会は、皇宮でも一番大きな広間で行われる。

知り合いに声をかけながら家族と一緒に公爵家の場所に並んでいると、ベリサリオ辺境伯家が挨拶をして通り抜けていった。

今日のディアも可愛い。

さすが妖精姫だという声が聞こえたわ。

アランも、いつもとは違って髪を整えてきっちりと礼服を着ている。

手足が長いからとても似合っている。

「パティは誰と踊るの？」

「決めていないわ」

ヒルダお姉様はアランと踊ると思っているみたいだけど、そんな約束はしていないわ。

誰も誘ってくれなかったら、壁際で見ているからいいの。

最初のダンスが始まって、皇太子殿下とクリスが婚約者候補のモニカとスザンナと踊り始めた。

途中からデビュタントの人達も加わって舞踏会は盛り上がりを見せている。

踊らない人達は邪魔にならないように壁際に移動して、それぞれ知り合いとお話したり、食べ物の並んでいる場所に行って食事をしたり、思い思いに楽しんでいるみたい。

私は特に目的がないから、家族の傍に立って踊っている人達をぼんやり見ていた。

「パティ」

だから、アランが目の前に来るまで気付かなくて、声をかけられて驚いてしまった。

「踊る相手は決まってる？」

「え？　いえ」

「そうか。グッドフォロー公爵閣下、パティと踊ってもいいでしょうか」

うそ。

アランが来てくれた。

「おお、もちろんかまわないよ。パティ、行っておいで」

「は、はい」

「よろしくお願いいね」

両親がそれは嬉しそうに送り出してくれるのが、ものすごく恥ずかしい。

「反対……されなかった」

フロアに向かいながら、アランは小さな声で呟いた。

「それにパティにも断られなかった。よかった」

こちらを振り返った時の嬉しそうな笑顔をみて、胸がきゅんと苦しくなった。

次男で、両親がいる場所に私を誘いに来るのって、きっとものすごい勇気がいたと思うの。

追い払われる可能性もあるんだもの。

でも、来てくれたんだわ。

「嬉しい」

「え？」

「誘いに来てくれてありがとう」

「え、いや、それは、ほら、僕が踊りたかったから」

アランはやっぱり素敵で可愛い。

子爵だとか伯爵だとか、どうでもいいの。

私はお友達の中では平凡で、特に秀でたところもないし面白くもないいんだもの。

それでもいいって言ってくれるなら、それで充分なの。

「近衛騎士団の公開演習は観に来る？」

「ええ。ディアに誘われているわ」

「さすがディア。そういうところは抜かりがないな」

「抜かりがない？」

「きみにも見てほしかったんだ」

そんなふうに言われたら、行かないわけにはいかないじゃない。

◆

ちょうど新しいドレスがあったから、それを着て出かけた。

近衛騎士団の公開演習のアランは素敵だった。

大人の騎士を前に堂々としていて、炎の剣を作り出したのよ。

それでいて魔法を教えるために、ずらっと並んだ精霊や精霊獣に囲まれている姿は、やっぱり少し可愛かった。

初めて会った時に素敵だって思ったまま、ううん、アランは会うたびにどんどん素敵になっている。

今回の活躍でまた人気が出ちゃって、女の子がうっとりしちゃっていた。

近衛騎士団の人達にも気に入られて、まだ成人していないのに、アランが今後も精霊の育て方や戦闘への活用の仕方を教えるんですって。

一気に話題の人よ。

私がディアと一緒に見学していたことも知れ渡り、新年に踊っていたのもあって、周囲はすっかり、ふたりは婚約するんだって空気になっていたし、それに少しだけ私とアランの仲にも変化があった。

前はお昼を誘いに来た時にはディアに声をかけていたのに、今は私に先に声をかけてくれる時もあるのよ。

学園が終わってからは頻繁には会えなくなったけど、ディアと約束している時には必ず顔を出してくれるし、一緒にお話出来る時もある。

ディアがいつの間にか席を外してしまったり、クリスまで私を見かけるとアランを呼んでこようかって聞いてくるようになったりしたのは、ベリサリオでも私とアランはそういう仲だと思われているのよね？

でも特に、何も言われてはいないのに。

今までと一番の違いは、今はこういうことをしているとか、騎士団でこんなことがあったとか、報告書のような手紙を送ってくることくらいよ。

これはどういうことなのかしらと最初は疑問だったけど、たびたびお父様がアランの様子を聞くから、手紙に書かれていることを知らせると、それで満足してくれるから、たぶんそのための報告書なのよね。

「どう？　その後アランとは進展あったの？」

ヒルダお姉様は婚約者のいるリルバーンに留学しているので、学園が休みの夏と冬にしか会えない。

前回は私がアランとダンスしたので、これで初恋が実ったねってとても喜んでくれてたの。

「何もないわ。ないとは思うんだけど、ベリサリオに行くと、みんながアランに会わせてくれるの」

「すっかり家族公認なんじゃない」

家族も周囲も私とアランの付き合いを見守る雰囲気なのもつらいのよ。

実は何もないのに。

「お手紙はたまにくれるの。商会や騎士団の話が多いけど」

「え、まだ成人していないのに仕事ばかりしているの？　ちょっと見せて」

「駄目よ」

「ちょっとだけ」

「じゃあここだけよ」

報告書みたいな部分を見せたら、ヒルダお姉様はしばらく無言で手紙を読んで、そのまま無言で私の顔を見て、

「愛されてるわね」

ぽつりと呟いた。

「あなたと一緒になるために頑張っているのね」

え？

「デリックは簡単そうに話していたけど、伯爵になるのはよっぽどのことがないと無理だし、子爵になるのだって、ベリサリオ全体の功績を彼がもらったなんて話になったら、家族のおかげで偉くなったって言われてしまうでしょう？」

「まさか。アランだって精霊の話を広めるためにいろんな場所に行っているし、フェアリー商会の仕事だって精霊車やフライに関しては、彼が頑張っているのよ」

「それでも言う人はいるわ。だから近衛騎士団で今から訓練に参加して、足場を固めているのかもしれないわよ。でも普通は十三でそこまで考えないわよね」

考えるわ。

彼もベリサリオだもの。

目立たないようにしているけど、アランだって頭の回転が速くて、ある意味クリスより大人びているところがあるってディアも話していたわ。

「公爵令嬢が領地のない次男と結婚したら、他に相手がいなかったとか、生活の質が落ちたんじゃないかとか、余計なことを言う人が絶対に出てくるわ。社交界にデビューしてから、あなたが胸を張ってアランと結婚するって言えるように、今は会えなくても頑張っているのかも」

「そんな……私はそんなしてもらうような子じゃないわ。だってアランのために何もしていないのよ」

「そこまでするなら、よっぽどあなたが好きなんだろうから、信じて待っていればそれでいいんじゃない？　手紙の返事は出しているんでしょ」

「もちろんよ。すぐに返事を書いてるわ」

「私はアランをよく知らないけど、まめに手紙を書くような子なの？」

「それは……意外だったけど」

「待たせている自覚はあるのね。あなたが他の人と婚約したらどうしようって不安もあるんじゃない？」

　そうなのかしら。

　私を好きでいてくれるんだって思っていいのかな。

「それにしても、外堀を埋めるのも大事だけど本人にもう少しアピールしなくちゃ駄目じゃないね。プレゼントをくれたりはしないの？」

「誕生日にはいただいたけど、それは前からで」

「他の子にもあげているの？」

　どうなんだろう。

　スザンナに聞いてみようかしら。

「彼も初めて会った時からあなたが好きだったら、そりゃあ前からプレゼントをくれているでしょう」

「待ってお姉様。こんな話をしたら期待してしまうわ」

「だってどう見てもアランはあなたが好きでしょう。初恋の子と結婚出来るなんてなかなかないわよ。親が選ぶか自分で選ぶかの違いがあっても、条件を満たしている相手の中から相手を選んで結婚するような、私みたいなケースが大半なのよ」

ヒルダお姉様はリルバーンとの関係強化のために、あちらの侯爵嫡男と結婚することになっている。留学している間に互いのことを知る時間を作れたみたいだけど、恋愛感情はないんですって。

友人としてはいい関係が作れたから、結婚してもこのままの雰囲気なんじゃないかって言っていた。

私とアランもお父様からしてみたら、ベリサリオとグッドフォローが親しくなるための結婚だし、アランを中央に留めておくための結婚なのよね。

ただ私はアランが好きだから、結婚出来るなら嬉しいけど。

「今度帰ってくる時は年末なの。その時にまだアランが態度をはっきりさせないなら」

「させないなら？」

「思いっきり目潰ししてやるわ」

「えええ？」

ヒルダお姉様ってば、リルバーンに留学するようになってから逞しくなった気がするわ。

◆

ヒルダお姉様がリルバーンの学園に戻って、夏が終わり秋が来て、また学園の始まる冬がやってきた。

アランと手紙のやり取りを続けるうちに、今まで知らなかった互いのことがわかってきて、以前より親しくなれた気がする。

どこかに出かけた時にはお土産を一緒に届けてくれたり、フェアリー商会の試作品だと言って、美味しいお菓子を贈ってくれたこともあった。

これは、他の子にはしないでしょ？

ディアも手紙のことは知らないから誰にも話せないけど、アランは好意を持ってくれているわよね？

学園の開園式の日の午後、皇太子殿下主催のお茶会に招待された。

去年は婚約者候補を決めるお茶会の予定があったから、皇族の寮でのお茶会は開催しなかったのよね。

招待されたのは、ベリサリオとグッドフォロー公爵家、そして皇太子殿下の婚約者のモニカとクリスの婚約者のスザンナだ。

「僕達、ここにいたら邪魔じゃないのか？」

ぼそっとエルディが呟いた。

気持ちはわかるわ。

皇太子殿下とモニカはまだしも、クリスとスザンナまでちらっと視線を合わせて微笑み合ったりして、空気が甘いの。

それに比べてデリックお兄様は、いつまでふらふら遊んでいるつもりかしら。

侍女を口説いてエルディに注意されるなんて恥ずかしいわ。

「デリック様は、まだ婚約者を決めないのですか？」

「おお？　僕のことが気になる？」

「お兄様、ディアにはもうカミル様がいます」

「ぶはっ!!」

ディアにまで変なことを言いそうだったから、慌ててカミルとのことを話してしまった。

もうすっかり家族公認かと思っていたのに、クリスはまだ許していないみたい。

でもクリスが許すのを待っていたら、ディアはお婆様になってしまうわ。

「ということは、この場でひとり身は僕とデリックだけか」

エルディの言葉に、室内にいた人達の動きが止まった。

もしかして、エルディは私とアランが婚約していると思っていたの？

そしてこの微妙な空気は、アランと私の微妙な関係をみんなが知っていること？

「なんだ？　まさかおまえ達、まだはっきりさせていないのか？」

「え？　や、やだ。なんの話？」

やめて。アランがいるのにそんなこと言わないで。

みんなの前で、私とはなんでもないなんて言われたら……。

「あーもう。せっかく話をする約束を取り付けて、プレゼントも買ってたのに」

え？

話をする約束って、明日のお昼を一緒に食べるって話？

ディアも一緒なんじゃなかったの？

「遅いんだよ。ほら、パティが泣きそうだ。向こうで慰めて来い」

「あんたのせいだろ！」

エルディに文句を言いながら立ち上がったアランは、テーブルを回って私のすぐ横に来て、手を差し出した。

「え？　あの」

でもお茶会はまだ始まったばかりで、皇太子殿下もいるのにいいの？

「パティ、いってらっしゃい」

「ディア……」

「一回くらいなら、アランお兄様を殴ってもいいと思うわよ」

茶目っ気たっぷりにディアが言ってくれたから、少しだけ落ち着けたけど、たぶん私の顔、真っ赤だと思うの。

もうやだ。恥ずかし過ぎるわ。

「パティ」

名前を呼ばれて顔をあげたら、優しい目でアランが見つめてくれていた。

目の前に差し出された手を取って、立ち上がろうとしてよろめいてしまって、アランに支えてもらうことになってしまった。

アランの顔を見たら心臓がドキドキしちゃって、全然足に力が入ってなかったみたい。

「大丈夫？」

何度も首を縦に振って、出来るだけみんなの顔を見なくて済むように、アランの陰に隠れてテラスに出た。

背後から視線を感じるからアランのほうを見られない。

「ここなら誰にも見られないから大丈夫。座ろう」

窓と窓の間のスペースにある白いベンチに、アランと並んで腰を降ろす。

「見張っててね」

私の精霊獣は大型犬タイプなので、誰か覗きに来ないように道を塞いで寛いでいてもらうことにした。

「中途半端な態度で不安にさせてた。ごめん」

突然頭を下げられて、何をどう答えればいいのかわからなくなる。

突然の展開に頭もちゃんと動いてくれていないみたい。

「せめて子爵になれるって確定するまで、そして近衛騎士団で自分の居場所を確保出来るまでは、告白しないって決めていたんだ」

「アラン、私は」

「わかってる。僕の自己満足だよ。でも子爵でもまだ駄目なくらいだ。皇妃になるモニカや高位貴族の友人達と僕と結婚したパティじゃ、社交界での立場が全く違ってしまうだろう？　きみは公爵令嬢なのに」

「気にしないわ」

「今はそう言っていられるけど」

「個人的に会う時に、ディアやみんなが態度を変えるわけがないもの。他の人にはどう思われてもいいの。それに、お父様も応援してくれているしベリサリオもでしょう？　子爵でも後ろに控えている家が強力すぎるほどよ」

「そこに頼りたくなかったんだよ」

アランって、けっこう頑固よね。

でも、ベリサリオにとってもグッドフォローにとっても、この縁談はプラスになるってみんなが思っているのに、家のことなんかより私のことを考えてくれている。

「これ、プレゼント」

渡されたのは、とても綺麗な小さな箱だった。

「開けていいの？」

「もちろん」

中に入っていたのは金の鎖とルビーで出来たブレスレットだった。

ひとつだけ、他の石より茶色味の強い石が混じっている。アランの髪の色だわ。

留め金にベリサリオの紋章が入っていた。

「パティ、ずっときみが好きだったんだ。だから……って、待って。泣かないで」

「泣いてないもん」

聞きたくて、でも気にしていないと強がっていたから、やっとアランの言葉を聞けて嬉しくて、不安が解けるように消えていって、気付いたら涙が頬を伝っていた。

せっかく告白してくれたのに、泣いちゃ駄目よ。

手の甲で涙をぬぐっていたら、アランに抱きしめられた。

「ごめん。パティにだけはもっと早く気持ちを伝えておくべきだった」

う……うわあ。

アランの肩越しに遠くを見つめながら、どんどん体温が上がっていって、心臓がバクバクして、眩暈がしそう。

「パティ？」

「う、うん。あの、待って」

告白してくれたんだから、今度は私が答える番なのよね。

「まだ僕達は成人していないから仮の婚約になるけど、話を進めちゃっていいかな」

「え？」

「え？　駄目？」

「違う。私まだ……ちゃんとアランが好きって伝えていないわ」

少しだけアランの肩を押して体を離して見上げて言ったら、ぶわっとアランの目元が赤くなった。

なんだ、アランも緊張しているのね。

やっぱりかわいい。

そして素敵。

「うん、そうか。それで」

「婚約ね」

「どうもペースが狂うな」

私でもアランを慌てさせることが出来るのね。

新しい発見だわ。

「ねえ、アランはいつから私のことが好きだったの？」

「最初に会った時から」

すごい。

ふたり揃ってひとめぼれだったんだ。

「パティは？　いつから？」

「内緒」

「おい」

初恋の相手と親が選んだ相手が同じだったなんて、奇跡みたい。

成人まではまだ何年もあるし、結婚出来る年なんてもっと先だけど、互いを知る速度がゆっくりだからちょうどいいのかもしれない。

あ、そうだ。

「よかったわね、アラン。ヒルダお姉様に目潰しされないで済むわ」

「……なんの話？」

「あああ、それより重要な問題に気付いちゃった」

「なに？」

「どんな顔をしてお茶会の席に帰ればいいの？」

「あーーー」

ふたりで顔を見合わせて、笑い合って。

そのまま中庭を散歩して、自分の寮に帰っちゃおうという話になった。

私はそれでいいけど、アランは寮でディアとクリスにいずれは捕まるのにね。

あとがき

おひさしぶりです。作者の風間レイです。

あとがきにこの挨拶はおかしいかもしれませんが、今まで三か月周期で五巻まで出版していたので、ずいぶん間があいたような印象があります。

怒濤の勢いだねと言われたこともありますし、このくらいのペースが普通なのかもしれませんね。

これがデビュー作なのでその辺りがよくわかっていませんが、このくらい余裕があった方が締め切り的にも、みなさんのお財布的にも余裕があっていいのではと思います。

でも今回はアクリルキーホルダーとのセットもあるんでした。

TOブックスさんは手広くやっているようで、まさか自分の小説のキャラがグッズになると思っていませんでした。

アクキーというのが同人ぽさもあって、ディアは喜びそうです。

今回内容的には、ようやく恋愛ファンタジーらしくなってきました。

とはいってもディアですから、他のことは全速前進のくせに恋愛に関しては亀にも負けそうな歩みです。今後の展開はカミルに頑張ってもらうしかありません。

このカミル、ネットでは好みが大きくわかれている印象がありました。

あまり好きではないという意見も多い代わりに、カミル大好きなので応援しているという意見もあり、満遍なく愛されているディアとはだいぶ違う印象です。

作者としては特に思い入れの強いキャラはなく、いろんなタイプの男性が書けて楽しいです。

巻末SSに今回はパティとアランのお話を掲載しました。

本当はもっと短くさらっと書くつもりが、アランの主張が強かった。

ベリサリオは全員、自分のペースに周りを巻き込む面倒な人達ばかりのようです。

次回はクリスとスザンナの話を書けるといいなと、今から内容を思案中です。


このあとがきを書いているのは夏の暑い時期ですが、本が出版されるのは九月です。

オリンピックが終わり状況がどうなっているのかわかりませんが、お互いに健康には充分注意しましょう。

腰痛になって、健康のありがたさを痛感しております。

コミカライズ第二話

漫画：はな

原作：凪間レイ

キャラクター原案：藤小豆

異世界転生をして
不本意ながらラジオ体操を広めたりしたけど
私ディアドラ
4日後に4歳の誕生日を迎えます

♯2

この世界にも誕生日にパーティーを開いてプレゼントを贈る風習がある
今年の誕生日から私もお兄様たちのように盛大にお祝いするらしい
3歳児だと客の相手はできないしね
この世界は寿命が短いからか大人になるのが早いみたい
四歳児で小学低学年くらい
アランお兄様は6歳だけどかなり大きくて
9歳のクリスお兄様とあまり変わらない
中学はいったばっかりくらい

この国の教育機関は
皇都中心に集められていて
10歳から
初等教育課程に通い
15歳から
高等教育課程にも通う
――私は
誰とするのかな
そして
15で成人し
正式な婚約が
認められる
恋愛
したいな…

というか…
4歳児への誕生日プレゼントが鏡台ってどうなの!?
ドドーンッ
ありがとうございます！嬉しいです！
って言ったけどさ…くれるの10年後でもよかったよ…
きゃるん
ただおかげで私は生まれて初めてまともに自分の顔を見ました

シルバーに近いブロンド
お母様に似た形のいい眉
紫の瞳にマッチが5本くらい乗りそうな睫《まつげ》
お人形みたいだ――……
守りたくなる雰囲気の野生児…

美少女…
このポーズはキツイ
中身はアラサー
いや
ちょっと待って！
ヘッ
しかもよく
魔力切れで
気持ち悪くて
えずいてる…
ヴッ
見た目
詐欺だな…
レックスが
子守してくれてたのって
早く一人前になりたい
からだよね…？
美幼女の相手が
できるからじゃ
ないよね？
信じていいよね…っ！

そういえば!!
最近執事がもうひとり増えたのよ
今年22歳のブラッド
KOWAMOTE~~~~!!
家族以外と接する機会が増えるから守りを固めたんだろうか…
よ…よろしく…
はぁ~~~
いやでもまぁ~~…
家族が時々残念そうな顔をしているわけだよ…
そりゃ残念だ…
気を取り直して
今日も訓練場へ行きますか!

ダッ
ダッ
いい眺めですよ…
逞《たくま》しい男たちが汗をかきながら訓練にはげむのは
ダーッ
ダッ
ゴツい男たちの肩にふよふよと丸い光が飛んでるのも可愛いよね

精霊には
剣精と魔精
2種類いるんだって
たいていみんなが
つけているのが魔精
私もふたつ
くっついている
なんで私の精霊だけ
大きいのかって
聞かれたから
魔力を
あげてるん
だよ
って教えてあげたら
びっくりしてたな…
みんな知らなかったみたい
情報は役に立つから
あなたはとりあえず
黙っててねって言われた
OK♥
目立ちたくないし
喜んで黙ってるよ
もちろん～！
ぱっ
でももう
クリスお兄様の
精霊も大きくなって
きたから
そろそろ城にいる
騎士たちには
教えてもいいんじゃない
かな…

ただうちの家族の中で
アランお兄様だけが
まだ精霊がいない
それを
気にしてか
それとも
思春期か
最近アランお兄様は
私を避けている
天才の長男と
変わり者の妹に
挟まれた次男
剣の才能は
誰よりも上なん
だけど…
比較されがち…
それで私のこと
嫌いなのかもなぁ
私は
真っ直ぐで
おおらかな
アランお兄様が
大好きなんだ
けどなぁ…

ピタッ
じっ…
ディアドラ様？
お疲れですか？
ポワァ。。
教えなくちゃ…
え？
ダッ
!?
困ッ
まじすか お嬢様ぁ……
クラウチングスタート！

ロロロ
ロロロ
ディアドラさまか？
あれ？
ぴゅっ
ディアドラ？
ギョッ
フィッ
アランお兄様!!
え？僕…？

もう…
練習…やめちゃうんですか…？
ぜーはー
大丈夫…？
練習見たいです！
アワ
もう今日は…
アワ
アランお兄様格好いいのに！
強いし…格好いいからもうちょっと見たいです！
それは…

ディアドラがそう言うなら…
はーっ
わーい
じん…
パアアアアア
光ったあああああ!!

剣精ですよ！風の剣精！
きゅっ
やっぱり剣の才能があるんですわ！
剣精？本当に？？
魔力を手にぽわっとやってみてください
お兄様かわいい〜♡
こう？
剣精とは
成長させると体全体を包んで防御力を高めながら武器に属性を持たせてくれる優れもの数が増えると防御を重ねられ強くなる

これが僕の力……
兄さんとは違う僕だけの……
ありがとうディアドラ
僕を見ていてくれて——……

よく気づいたね
光ってたから
あの！私に精霊がいるの見えますか？
他に剣精を持つ者はいますか？
じっ
う~~ん
うん騎士様も剣精ですわね
おお！自分では見えなくて
ワイ
ワイ
掌に魔力ですわよ
ワイ
ディアドラ
ええほとんどの方が…
ディアドラ
アランに剣精がいたことをお父上にご報告に行こうか
…はい

そうだな
すまない
きみに言う
べきだったな
あれ？
お兄様ってこういう
笑い方するの？
ああ
この人
誰にでも
優しい
微笑みを
向けながら
腹の中で
計算するタイプか――……

隊長
また
日を改めて
調査しよう
ぜひ
そうして
いただけますか
はい
ただ一度には
無理なので
父を交えて
相談させてください
もちろん！
ウ？
え
まさか
今のも
言っちゃ
ダメ
だった
？？？
サァァァ…
スッ
ディアドラを
連れて行って
それは
私共の仕事です
クリス様の
護衛であっても
許可なく
ディアドラ様に
触れないで
いただきたい
ザッ
えっ？ え？
そこまで
気にする
ところなの？

アランも
ディアドラも
一緒に来て
くれるね
はい
わかりました
ブラッド
抱っこ
して!
ん!
ギョッ
ゴホンッ
承知
しました
ちょっと
待って
やっぱり
僕が連れて
行こうかな

お兄様が？
おいで
おんぶしてあげる
ほっ…
ぎゅーっ
はいっ
モヤ…
もし優しいのが計算だったら
寂しいよ
家族なのに――…
無理はなさらないでくださいね

大事な妹に変なこと考えてないよね？
とっ
ジ
なっ なんですかそれはっ
子供に懐かれたことがないから驚いただけですよ！
…ならいいけどディアドラを頼むよ
お任せください
僕と同じ風の精霊だね
ほんとだ…
アランお兄様の精霊とお知り合いなのかしら…
どうしてみんな幼女に優しいんだ…？
あれ
ディアドラ精霊が増えてるよ
ほら
だったら
一緒に屋敷に行っても寂しくないね
アランお兄様は私の癒しだ…
クリスお兄様は早めに味方につけないと…！

に
祭り上げられる!?
ひとりで乗り込むのは禁止
俺も連れて行け
冗談じゃないわよ!
妖精姫聖女化計画をぶち壊せ!

ディアドラが宿敵・ニコデムス教の聖女
俺たちも頼れ！
転生令嬢は精霊に愛されて最強です……だけど普通に恋したい！
7
The Reincarnated Count's daughter is the strongest as she is loved by spirits, though she is only wishing for regular romance!
風間レイ
イラスト：藤小豆
2022年春発売予定！

転生令嬢は精霊に愛されて最強です……だけど普通に恋したい！ 6

2021年10月1日　第1刷発行

著　者　風間レイ

発行者　本田武市

発行所　TOブックス
〒150-0002
東京都渋谷区渋谷三丁目1番1号　PMO渋谷Ⅱ　11階
TEL 0120-933-772（営業フリーダイヤル）
FAX 050-3156-0508

印刷·製本　中央精版印刷株式会社

ISBN978-4-86699-331-7